魅丽文化

两屉小笼包
苏陌
纪出矣

著

今天开始喜欢你

Today began to like you

江苏凤凰文艺出版社
JIANGSU PHOENIX LITERATURE AND ART PUBLISHING, LTD

图书在版编目（CIP）数据

今天开始喜欢你 / 苏陌等著. -- 南京 : 江苏凤凰文艺出版社, 2016

ISBN 978-7-5399-9456-7

Ⅰ. ①今… Ⅱ. ①苏… Ⅲ. ①长篇小说—中国—当代 Ⅳ. ①I247.5

中国版本图书馆CIP数据核字（2016）第155640号

书　　名	**今天开始喜欢你**
作　　者	两屉小笼包 苏陌 纪出矣
出版统筹	黄小初 邹立勋
选题策划	吴小波 李　墨
责任编辑	胡小河 姚　丽
文字编辑	李　墨
责任监制	刘　巍 江伟明
封面设计	titi
出版发行	凤凰出版传媒股份有限公司 江苏凤凰文艺出版社
经　　销	江苏省新华发行集团有限公司
印　　刷	湖南凌宇纸品有限公司
开　　本	880*1230毫米　1/32
字　　数	100千字
印　　张	9
版　　次	2016年9月第1版，2016年9月第1次印刷
标准书号	ISBN 978-7-5399-9456-7
定　　价	26.80元

目录

CONTENTS

Today began to like you

目 录
CONTENTS

today began to like you

目录
CONTENTS

Today began
to like you

来聊天呀
我的记性好着呢
人类说你们只有七秒钟的记忆
你是谁呀?
昨天我跟隔壁的狗打架，@#￥%#@@！@#@@@@！……你在听吗?
我说，隔壁的狗@#￥%#@@……
你到底是谁呀?
……
老大，我心情不好，想打人。
打他
?
你们好呀? 知道刚才是哪个孙子揍的我吗?
不知道呀

幸福是一只懂得温暖的猫

序

为什么全世界的猫都叫咪咪？

曾经有不少人发帖询问过一个不解之谜——为什么全世界的猫都叫咪咪？

当我们随便打开一个搜索引擎，输入这个问题之后，看到的都是大同小异的结果。

“为什么狗有千奇百怪的名字，大部分的猫却都叫咪咪？”

“我昨天在街上看到一只猫，我叫咪咪，它就回头看我。回家时在小区又遇见一只，我又叫咪咪，它又看我。为什么所有的猫都叫咪咪？”

“为什么中国所有的猫都叫咪咪？或是名字里都有个咪字？”

“因为如果你在路上碰到野猫了，你叫它猫咪或咪咪，90% 的猫都会对你喵一声。”这是其中一个答案。

三花最开始也是叫咪咪的。

三花的品种是三花猫，也就是大街上随处可见的那种小野猫。顾名思义，三花猫这个品种都是因为身上的三种颜色的毛发而得名。而控制着三色的基因跟控制性别的基因在一起，所以三花猫大部分是母猫。多大一部分？大概就是十万里才有一只公的三花猫，而且大多是伴随着繁殖障碍的问题降生的。

三花就是一只小公猫。

关于刚出生时的事情，它已经有些记不清了。几乎从刚刚有了记忆，它就已经在街上流浪。像一个真正的浪子那样，偶尔会在一个地方驻足，但是绝不会永远地停下脚步。

从幼时起，它的体重就稍稍有些超标。胖嘟嘟的，它本想说自己其实只是毛发多，可是当别人伸手摸到一团肉时，它就掩饰不住肥胖这个现实了。

在大街上流浪时，偶尔会有人停下来冲它招招手，喊它："咪咪！"

所以说，为什么要把全世界的猫都叫咪咪？老子不叫咪咪，你才叫咪咪呢，你全家都叫咪咪！

大概是被人收养过吧，它的脖子上挂着一个小吊牌，上面刻着它的名字。但是几乎没人注意到，大家仍喊它为咪咪。

三花搭理这些人的概率大概是一半一半，心情好了就应一声，心情不好就要取决于对方手上有没有拿着猫粮。

后来，它走的路多了，见过的人也多了，渐渐有人给它取不同的名字，也有人将它抱回家。无奈，不是他们的新鲜劲够了，就是它不愿意久留。

身为一只有理想有抱负、心中怀揣着星辰大海的猫，它并不想长久地驻足在愚蠢的人类的集聚地混吃等死。

于是，走走停停，在那些它没被喊作"咪咪"的岁月里，有几处落脚之处残存的回忆都称得上"丧心病狂"的温暖。

世界那么大，走不完了，就会想要在一个怀里窝一窝。

三花想，它一定是这世间最有福气的猫。

一

世间最有福气的猫

那单纯无知的岁月里，
我绞尽了脑汁靠近你，
只为了一抬眸
就能看到你的笑脸。

01

许程陈和陆笙正式谈恋爱之后总去电影院约会。现在的人年纪越大，越喜欢怀念学生时代，电影院里，有关青春的电影一部接着一部上映。

陆笙喜欢看，又泪点低，每次都看得哭肿着眼睛才回校。

许程陈不喜欢，可是每次他都忍着不说，耐心地陪着她看。直到有一次陆笙非指着大屏幕里的男主角说："真像你。"

高中时都是学校里的头号风云人物，不服管教，有时候看起来凶神恶煞的，有时候又单纯得有点傻。

他却不服，"哪像我？我高中时欺负过你吗？"

陆笙仔细一想，还真没有。

单纯的学生时代，暗恋女孩子却不知道怎样表达的傻小子们，似乎只能用欺负人这样的方式吸引对方注意。

可是许程陈不一样，他不欺负人，他说自己是靠智慧、用迂回的方式吸引了她的注意。

"这就是你欺负我的猫的理由？"

02

陆笙养了只猫，名叫三花，那是她高三时捡来的一只流浪猫。

三花的品种就是三花猫，身上有黑、橘、白三种颜色，虽然有点胖，可是自小就在野猫群里混出了个好身手。许程陈曾说，三花就是猫界的浪子，心里有着星辰大海。

每次他这样夸它，就是他又踩了三花尾巴的时候。

三花每次都对他翻白眼，很想说再广阔的星辰大海也比不上家里那碗猫粮。

它是一只有骨气的猫，有着自己的倔强，不会为了几颗猫粮折腰，但是小鱼干可以。

这就是它跟着陆笙生活了两年的原因。不过自从陆笙上了大学后，它就暂时住在了离学校更近的许程陈家里。

陆笙总是去许程陈家里探望三花，每次她一来，三花就去咬她的衣服，不肯让她走。

“喵喵喵！”它叫得可怜兮兮，陆笙走得恋恋不舍，下一次来的日期一定会提早很多。

可是几次下来，她就觉得不对劲了。依三花那个“大爷懒得搭理你”的性子，哪会叫得如此软萌。直到有一次她无意间看到许程陈双手捧着小鱼干，在那里向三花献媚，“下次再叫得可怜点。”

“迂回战术不错。”她面无表情。

“说出来你可能不信。”许程陈指了指三花，“主意是它出的。”

陆笙走过去把三花从地上拎起来，认真地说：“那你下次告诉他，想让我来看他，就直接说好不好。”

“好。”许程陈替三花回答得也特别认真。

陆笙的脸一下子就红了。

03

当看完正在热映的那部青春电影之后，高中同学们在微信上发消息给陆笙：“那不就是许程陈吗？”

还有人问：“他当初是不是故意让老师调座位的啊？”

群众的想象力都太丰富了，陆笙暗自摇头。还真不是。

高中时，他们两个是同桌，不过却是高二文理分班后才做了同桌。陆笙是班长，许程陈就是每个学校里都有的那种头号风云人物。

老师为了提高班级整体成绩，高三时硬是把他安排到她身边坐，让她辅导他学习，监督他要守纪律。

其实仔细想想，许程陈上高中时名声虽大，却没欺负过谁。

不过后来许程陈就否认了这个说法：“我欺负过一个人。”

“谁？”

“我前一个同桌。上高三时，我让他去找老师打小报告，说我欺负他影响他学习，让他求老师把我调到你旁边。”

当时班里不守纪律的同学都听陆笙的，只要她发话，基本没有敢惹事的。

当然，很久之后陆笙才知道，当初她在班级里那么有“威慑力”正是因为有他在。

然后，他与她做了同桌，他开始老老实实听课了，直到毕业，老师也没给他换位置。

那单纯无知的岁月里，我绞尽了脑汁靠近你，只为了一抬眸就能看到你的笑脸。

04

想当初，文理分班的高二时，许程陈才被分到了他们班。那时全校都认识他，有关他的传说可以分成十几个版本。

有人说他家里很有钱，学习好不好都能去国外念大学。也有人说，他家里有重病卧床的父母，一贫如洗，还要为他的惹是生非赔钱。

这两个说法都太极端了，陆笙从来没关心过，听说后也没相信过。

到了分班那天，他规规矩矩地背着书包进来，等轮到他自我介绍的时候，写在黑板上的“许程陈”三个字漂亮得堪比写的是书法。

文文净净的一个男孩子，又写着大气漂亮的一手好字。班里的同学一下子就被震到了，陆笙也是。

从此关于许程陈的身世传说里又多了一个书香世家的故事。

只有陆笙上了高三就知道，许程陈的家庭和许多人一样，普普通通，没什么突出的地方。

不过很久之后，她才知道他那天表现得那么规矩的原因。

“我爸妈说，第一次到新环境，一定要给所有人留下一个好印象，说不定底下坐着的人里面就有我未来的女朋友呢。”

陆笙突然就觉得，这家庭其实还真有点不靠谱。

虽然，还真说对了。

05

第一印象固然是很重要的，可是陆笙从来没觉得自己给许程陈留下的第一印象很好。

她从高一起就是班长，直到毕业也还是，管着全班的纪律不说，还要辅导很多同学学习，几乎算得上半个班主任。分班那天要开一个班会，班主任不在，只有她这个当班长的组织纪律，从这学期的课程安排一直讲到考试的重点问题，再加上班级大大小小的事务，句句简明扼要。开完班会，打扫卫生，也是她站在讲台前分配工作，一刻都不得闲。

许程陈第一次来这个班级，几乎要看傻了眼，自来熟地揪住班里的老同学问："班长一直这么厉害吗？"

他一开始以为陆笙就是传说中的那种雷厉风行的"女汉子"。

刚巧他问的是一个男生，对方丢给他一句，"以后你就知道了。"

然后，没过几天他就发现了，除了完成老师交代的任务时，陆笙平时几乎不怎么说话，永远是安安静静地坐在那里看书学习，说话时也是轻声细语的，一如她的长相那样文静乖巧。

这样的人有时候难免会被别人嫉妒，污蔑她是装出来的。可是陆笙的人缘意外得地好，无论男生女生都很喜欢与她相处。

分班之后，新分来的同学很难融入已经相处了一年多的集体当中。就连许程陈这种有些自来熟的人，都难免觉得自己在新班级里格格不入。分班那天晚上放学的时候，他正要去找以前的朋友们出去玩，就被还不算认识的陆笙堵在了后门。

"我叫陆笙，是这个班的班长。你们刚来，不熟悉班级，如果有什么事情不想麻烦老师，就尽管过来找我。"

"班长，那要是我们没朋友怎么办啊？"他偏偏多嘴抬了一句杠，想看看她如何解决。

"那你就跟我做朋友。"她语气坚定。

那时许程陈还觉得这个女孩子简直有责任得过了头，满不在乎地一笑，“那我可记住这句话了。”

只是那时他还不知道，他还真有用这句话耍赖的一天。

“班长，我没朋友怎么办，你当我女朋友吧，这可是以前说好的。”

06

文理分班之后，学校就开始严查仪表。他们所在的班级更严重，班主任是个更年期的妇女，脾气大，喜欢找茬儿，对他们的要求也格外严。

女生的头发留过肩头的一定要扎起来，扎不起来的就剪到齐耳。至于男生，更是要干脆利落，不能染发。

许程陈的头发天生不黑，是阳光一照就很好看的那种微红色，在美发店里最流行了，只可惜发质不好，不适合再染。

这是从娘胎里带出来的，连带着脸色也比别人更白皙一点。

可是老师偏不信，还要打电话叫家长来学校。

许程陈的父母平时都在为工作忙碌，他不愿意麻烦爸妈为了这种事来学校见校领导，就妥协了，答应老师放学就去理发店染黑。

陆笙那时与他还不熟，可是同情心太重，看到老师们还在那边说着许程陈有多不老实，就忍不住站起身说：“老师，他的头发确实是天生的，我有个弟弟也是这个样子。”

老师们和许程陈一起目瞪口呆地看着她。

班主任有些下不来台，板着脸说让她把弟弟带来。

陆笙脾气也倔，午休之后真的带着还在上小学的表弟来了学校。这事恰好被校领导看到了，笑呵呵地免了许程陈去染头发的麻烦。

那一天，她送表弟回来时迟到了，幸好教导主任没在一楼等着查人。

她一直以为那是自己的幸运，直到和许程陈谈了恋爱，才听他说，那天是他故意在走廊里惹事，把教导主任给引走了，就为了报答她的仗义执言。

这“报恩”的方式在她长大后听起来也许挺傻的，可是陆笙却一直记着，有时候自认为的好运气，说不定都是别人不易察觉的温柔。

07

陆笙是近视，上高中总是戴着样式最呆板的那种金丝眼镜，座位也很靠前。

没坐同桌之前，许程陈坐在最后一排，两人的交集就是上下课时她从他的座位旁边经过。

教室的前后门都是开着的。一次她正要从后门进班级，正背对着门口手舞足蹈的许程陈看不见她，一手肘就打在了她的眼镜上。

陆笙当场捂着眼睛蹲下了身，旁边的同学在喊些什么都有些听不清。

不过据事后回忆，那是许程陈惹是生非多年来第一次慌神。

他和老师跟着她去了医院。陆笙脑子懵懵的，只记得自己一直在拒绝他帮她付医药费和其他赔偿。

她受了伤，反倒要安慰他，“没事。”

直到她伤好，他每天都要跟她说一句：“我一定赔你。”

陆笙一直没问他拿什么来赔，结果后来他就把自己赔给她当同桌了。

后来又赔给了她一个男朋友。

陆笙一直在想，这算是无心之失还是蓄谋已久？欠了你，就拿一辈子还你，想赖都赖不掉了。

08

许程陈坐在最后一排上课的时候总是不安分。教室的后门一关，他的座位就贴着后门的窗户。

教导主任挨个儿班级查纪律的时候，正赶上他突发奇想，想看看自己的腹肌。

他把衣服撩到胸下的时候，那年过半百的女主任刚好将脸贴在了后门的窗户上。

两人大眼瞪小眼半天，虽然主任没有把他当场拎出去，却在周末总结时贴了通报批评。

上面几个大字写得清清楚楚：2 年 16 班许程陈同学上课脱衣服。

那时还是夏天，校服是短袖。连续一个月，大家看许程陈的眼神都有些奇怪。

后来陆笙和他做了同桌，不知道有多少人担心地来劝她：“你和他做同桌可要小心点。”说得好像他有裸露癖一样。

不过同桌那一年里，陆笙见到的许程陈基本都穿得严严实实的，倒像是怕她误会一样。就连夏天，也非要在短袖外面再套个衬衫，打球都不脱。

生怕她嫌弃他似的。

搞得陆笙有点不忍心，主动承诺了一句：“我不会让老师调走你的。”

那时天真如她，还真以为许程陈是被上一个同桌嫌弃了才被迫和她做同桌的。

09

最开始做同桌那几天，陆笙过得有些战战兢兢，她一直觉得自己与许程陈不熟，她又从来没与这样的人做过朋友。

以后的日子大概很不好过。

直到有一次午休结束，高三时生活忙碌，大部分同学都趁着午休时补个眠。化学老师进来的时候，三分之二的人都趴在桌子上睡觉。

“上课了，都快点起来吧。”

老师在讲台上刻意咳嗽，陆笙在讲台下招呼着其他同学起来。

没一会儿，整个教室里都是坐直的睡眼惺忪的同学。只剩下陆笙旁边的座位上，许程陈仍是雷打不动地睡着。

许程陈这名字太拗口，大部分人认识他三年都记不住“程”在前还是“陈”在前。

最后化学老师开了个先例，喊其“许程程同学”。

《上海滩》热播这么多年，许程陈一听这名就翻脸，谁喊他跟谁急。

眼下上课时间过去十分钟了许程陈还在睡，陆笙脑子一懵，凑过去就喊了声，“程程！”

许程陈当场惊醒，周围的人都在偷笑，他一眼瞪过去，“笑什么笑？！”

众人登时噤声，这一节课陆笙都过得战战兢兢。

直到临下课的时候，略显喧闹的教室里，许程陈终于将脸扭向她了。

他半掩着嘴，偷偷说了句：“下次小声点。”

陆笙悬了四十分钟的心在半空中来了个托马斯大回旋，跳到更高的地方去了。

这，下次是叫还是不叫呢？

10

许程陈上课时总喜欢摸出手机关注 NBA 赛事，以前在最后一排时有地理优势，调到前排后就彻底没了机会。

幸好桌子上的资料多，他把书堆成两摞小山，然后把手机塞到中间的缝隙里，装作在认真看书的样子，没事就瞄上两眼。

那时陆笙一直觉得他是自来熟，因为他竟然叫她帮自己盯着老师。

她几次想说自己是班长，自己和他不熟（自以为），但都失败了。所以最后她真的帮他盯了一周，只有一次没盯住，教导主任进门就冲着他伸手，“拿过来。”

许程陈手快，趁着老师进门时，已经将手机从桌子下面塞到了陆笙手里，任老师盘问，就说没有。

趁着主任在那儿盘问，陆笙也不知是哪里来的胆子，偷偷把手机往旁边坐着的人手里递，成功递出去之后，她的手心全是汗。

最后老师又来搜她的时候，那手机都传到最后一排去了。大家明明是第一次配合，却默契得如同并肩作战的战士。

下课铃一打，教导主任走了，班里一小半的人都在欢呼着胜利，高兴了一整天。

虽然过了几年再想想，完全没什么值得高兴的，可是上学时每每回想起当时的默契，所有参与者都有一种谜一般的骄傲。

二 那天你在阳光下笑得很好看

“喜欢一个人是什么样的感觉？”

“大概就是，一不小心就想过到天荒地老吧。”

01

就是在他们两个做了同桌那年，陆笙捡到了三花。

那是个艳阳天，三花似乎跟野猫打了一架，负伤之后蹲在角落里。过往的行人匆匆走过，谁也没有闲心低头看它一眼。

陆笙在午休回校的时候捡了它，可是不能把它带回家，干脆就带它回了学校。

她的家里不允许出现任何宠物。好几年前陆笙曾经在家偷偷养过一只小乌龟，可是养了才没多久，小乌龟就得病死了，她哭得上气不接下气。从此以后，父母再也不允许她养宠物，一来防止她再伤心成那个样子，二来怕她为学习以外的事情分心。

猫的寿命自然是比乌龟还要短的。

所以学校后面的那栋废弃居民楼就成了三花的家，它负了伤没办法离开，每天就趴在墙头遥遥望着他们的教室。

一连几天，陆笙终于发现它不会“喵喵”叫，每次出声都是“呜噜噜”的。

“喵！”她耐心地教它叫，对方始终无动于衷。

直到有一天，许程陈也过来看它，然后冲着它叫了声，“汪！”

三花翻了个白眼，“喵。”从此见到许程陈必定“喵喵”叫上几声，显示自己的智商。

也怪不得有人说有的猫看起来蠢蠢的，其实很聪明。而在它们眼里的人类，想必才是最蠢的那个。

02

许程陈就是看起来挺聪明，其实挺傻的那种人。

《灌篮高手》火了二十年，陆笙小的时候，这部作品就在火，直到高中还是人尽皆知。

有人说，许程陈就是樱木花道啊。

他们的学校算是重点高中，人人安分守己，遍寻全校都找不到许程陈这样咋呼的一个人。上课走神睡觉，下课胡闹，平时最用心的就是打篮球，再加上那微红的头发，明明长得文文静静的，可是表情稍稍严肃起来，人人都怕他。

唯独陆笙不这么认为，她一直觉得许程陈起码不像樱木那么单纯那么傻。

可是她去探望三花发现粮食不够，打电话给蒋琳求助，却拨错到许程陈的号码之后……

许程陈为她送来一条鱼，活的，足有三花两个大。

鲤鱼在地上垂死挣扎地蹦跶，三花沉默了，陆笙也沉默了。

乍一看，许程陈这脑回路似乎挺对的，猫不就是吃鱼吗？可是陆笙总觉得自己好像无法进入他的脑内世界。

结果回学校的路上，他突然莫名其妙地憋出了一句："我以为你会夸我呢。"

这要从哪个方位开始夸起？

陆笙怔住了，慢吞吞地回了一句，"那鱼，看上去挺好吃的。"

许程陈开心了，一整个晚自习都在傻笑。

不知怎的，之后几年，陆笙的脑子里总是无限循环着晴子摸着樱木的头夸奖他时，樱木那傻傻的笑。

真挺像的。

03

高三开学不久，九月底又要举办运动会了。他们现在已经高三，虽然不用准备文艺节目，却还要参加运动项目。

那时许程陈已经开始考虑要不要考体育系，因为他自然是班级里的头号战将。陆笙课余的时间拿着表格统计报名人选，每次都要咨询一下他的意见。

那时班里第二号战将是个瘦高的男生，主动走到她面前说要揽下男子三千米的重任。

这个项目正好没人愿意跑，陆笙惊喜地准备写下他的名字，却听他又说："跑完你请我吃饭……麻辣烫就行！"

当时的麻辣烫不过八块钱一碗，陆笙觉得这个要求合情合理。她正要答应，就被许程陈拦住了。

"写我，不用你请我吃饭。"

"可你不是已经要跑很多了？"她担心他体力不支。

"没事，最后一年了，不能让班级丢人啊。"陆笙还记得当时那男生听完之后脸色都变了，幸好打了上课铃，这两人才没吵起来。

不过上了课后，许程陈还在旁边督促她，"快写我。"

陆笙拗不过他，只能填了他的名字，下课时就交到了教导处。

很久以后同学聚会的时候，当年那个男生还没忘记这件事，在饭桌上猛拍了几下桌子骂许程陈"早有预谋""不懂公平竞争"。

"公平竞争你也赢不了！"许程陈得意地说。

陆笙问他怎么回事，他才说当年那个男生就是要找借口约她出去吃饭表白，结果被他有先见之明地阻止了。

许程陈虽然对喜欢的女孩子的反应都挺迟钝的，可是一眼就能看穿那个男生对她有意思。

啧，这就是所谓的只有男人才最懂男人吗？

04

最后一年的运动会，高三各个班级都卯足劲儿打算整个名次。体育课上，到处都能看见各个班级的选手们在跑道上练习，其中独数跑百米的最吸引人注目。

陆笙他们班跑百米的就是许程陈。

自由活动时，百米跑道的尽头聚集了一堆女生，一边讨论着哪个班的男生更帅，一边还要为自己班的同学加油。

操场上，"许程陈"这三个字喊得最响亮，他也没辜负大家期待，次次压过了对手，人人都以为他拿定了第一。

运动会当天，陆笙是组织纪律的班长，又是检阅时举牌子的，没事的时候还要回座位上写报道稿。但是再忙，她还是亲自去看了百米决赛。那时起点上已经聚集了不少人，她挤到前面坐到草地上，站在起跑线上的许程陈对着她挥了挥手，她笑着回给他一个V的手势。

可是那场决赛，许程陈还是输了。因为在起跑时愣了一下神，他比别人晚跑了一秒，最后跑了个倒数第三。

事后陆笙以为他是没有发挥好，一直在安慰他，可是他却始终没有露出遗憾的表情。

在很久之后，陆笙问他为什么喜欢自己时，他列举了很多很多原因，最后又说：“那年运动会，你在阳光下笑得很好看。”

学生时代，哪有那么多轰轰烈烈，往往就是一个不起眼的瞬间，让人深陷其中不可自拔。最单纯，可也最真实。

05

运动会的第二天上午是跑三千米。可是下午开始就是十一假期，学生们的注意力都已经不算集中了，报了三千米项目的选手们也没什么士气。跑到最后，锣鼓喧天的声音小了不少，各个班级派去鼓励同学的人也上了场。

陆笙抱着一瓶水在内圈草坪上慢慢跟着许程陈跑，生怕刚刚参加完接力赛的他体力不支倒下去。

许程陈劝不了她，只能突然加速，把所有人都甩在了后面，最终比第二名快了将近二十米冲过了终点。

直到运动会结束，大家搬着东西回了教室，他都躺在椅子上喘不过气来，后来干脆累得睡着了。只不过等到再次醒来的时候，操场上已经几乎没了人，陆笙却还坐在他旁边等着他醒过来，他的身上披着少女的校服，她举着三花的爪子对他作了个揖，“谢谢。”

他的脸不知怎么就红了。

06

高三最后的十一长假，也是三花过得最舒坦的日子。它终于摆脱了那堵高墙和废弃的居民楼，被陆笙带去了宠物店。

她攒了一个月的零花钱，就为了给它买粮食和玩具。

整个小长假里，她都可以借着写作业的理由带它去同学家里玩。同学无条件地欢迎这只胖胖的小猫，她却在看到许程陈的时候整个人都震惊了。

许程陈属于不请自来，非说自己想看三花。

三花那时都不忍心拆穿他，懒洋洋地趴在地上，装作自己根本不认识他。

网上好多说自己的宠物蠢的帖子里，都有记性太差这个特点。

许程陈只当它是把自己忘了，努力凑近它，让它闻闻自己。

三花嫌弃地扭了扭头，就是不看他，直到他又傻兮兮地叫了一声，“汪！”

它慢条斯理地舔了一下自己的毛，“喵。”

经陆笙总结，在三花的幼年时期，“喵喵”叫的时期极少，次次都用来压制许程陈的智商了。

07

许程陈犯傻的程度似乎与他的运动神经成了反比。

高中的男生无论到了几年级都是活泼好动的，课间时间，一个人拿着一堆空瓶子去饮水机前接水，却不肯老老实实地捧着回去，非要站在讲台上像是投球一样扔到各个位置。

他们的准头堪忧，事故频出。

陆笙也差点被砸个了正着，只是那时许程陈坐在她旁边，就在瓶子要砸到她喉咙的时候，他本能地伸手一捞，在她脖子前面牢牢抓住了那个瓶子。

差了零点一秒，陆笙就要被砸到。

这个反应速度震得全班惊呼，直到毕业后还被全班女生念念不忘。

可是后来有人却质问他："我坐在你旁边的时候你怎么没去接？"

他看了一眼不远处的陆笙，"你没她漂亮啊。"

陆笙趴在饭桌上不知道该怎么抬头，笑得只想偷偷掐自己一下。

08

高三的生活忙碌又紧张，不过班主任去开会的自习课还是作妖的时候。

陆笙是班长，要坐在讲台上看管着班级的秩序，不过更多的是看着讲台下群魔乱舞的场景。

第一节课尚可忍受，该吃东西的吃东西，睡觉的睡觉。

临近放学的第二节课，就是整个楼层的狂欢，无论喧闹声大小，最后都将会得到老师统一的一句，"整个楼层，就数咱们班动静最大！"

陆笙责任心太重，不甘心三番两次被老师这么说，一节课四十分钟，足足敲了八次黑板，"别说了！"

可是没什么作用。

最后，临近放学还有十五分钟的时候，她忍不住一拍讲台，"啪！"

"老师来了，都别说了！"不知何时站起身的许程陈替她说出了这句话。

所有的声响戛然而止。

陆笙怔怔地看着他，直到老师回来说了声，"整个楼层，咱们班纪律最好。"

放学时，她拉住许程陈，诚恳地说自己想去向老师举荐他当班长。

他好奇，"为什么？"

她有些失落，"只有你才管得住同学。"

结果他给她提了个更好的建议，"我管他们，你只管住我一个人不就成了。"

这似乎是个好主意，虽然陆笙一直都没想通自己怎么就“降服”了他这么不服管的人，不过她似乎慢慢察觉到了，自己要用很久很久的时光来弄清这个原因，久到他还要被她“管制”一辈子。

09

上了大学之后，一直有人好奇依许程陈当年的成绩，是怎么考上重点高中和重点大学的。其实不仅大学有特长生，那时高中为了多收一些人，也特意开设了一个“国际交流班”，中考时分数差那么一点点的人，都可以通过交钱上这个国际交流班。

其实说是国际交流班，无非就是被分到正常的班级之后周末再去上一节日语课，到了高三再拿一张日本学校的毕业证书罢了。

许程陈连逃了三年的日语课，到了高三时日语班结课考试，他总算傻了眼，非央求着陆笙去替他考不成。

陆笙是上初中时专门学的日语，像这种基础课程根本不在话下。

可是她不肯去，“这可是替考啊。”

虽然算不上什么正经的考试，可是像她这样恨不得拿三好奖状的学生怎么也不肯去做这种事。

没办法，许程陈只能把自己的请求降低为请她帮忙辅导日文。

有了之前那个荒唐的请求为前提，陆笙几乎是想也不想答应了这件事。两人课余和午休时，经常利用同桌之便复习。她耐心地从五十音图开始教他，许程陈学东西也快，考试结束之后顺利拿了一张合格证书回来。

为此，他提出请她出去喝咖啡。

这个要求合情合理，两人特意选了一家猫咪咖啡厅，把三花也给抱了过去。一下午三花都冷眼看着这两人说说笑笑，后来陆笙有事匆忙回了家，它就由许程陈抱着回了学校。

路上，一人一猫偶遇了许程陈的姑姑——一名日语教师。

三花忍不住咂咂嘴，这都是阴谋啊阴谋。

10

期中考试后的第一次家长会，留下来协助老师开会的陆笙第一次见到了许程陈的妈妈。

家长会结束后，得知她是与许程陈做同桌的女生后，许妈妈特意凑过来，拉着她问了许多事。

陆笙一向不会在学生家长面前说同学的坏话，对方问什么，她就尽可能说好话和优点。

“你觉得我家许程陈在校表现如何？”

“挺……挺好的。”

“许程陈他在学校没欺负你吧？”

“当然没有，阿姨您别担心。”

“他平时不老实，你是班长，多费点心管管他。”

“我会的，阿姨。”

那时陆笙做梦也没想到这些对话在多年后会重演。那时已经是在许程陈的家里，许妈妈满面笑容，拉着她说：“你觉得我家许程陈跟你在一起时表现如何？他没有欺负你吧？他平时不老实，你是他女朋友，多费心点管管他。”

“挺好的……当然没有，阿姨你别担心……我会的，阿姨。”

11

三花蹲在墙上盯着教室时，时常会遇到其他野猫来寻衅挑事。在因为许程陈带来大鱼而几次挫伤自尊心之后，它决定以一场恶战来找回自己的威风。

一番恶战之后，它赢得了胜利，却再次负伤。

陆笙去看它的时候，实在放心不下它的伤，脑子一时没转过弯来，就偷偷抱着它回了教室。

中午，许程陈在食堂吃了饭，也不知是不是想到了前天那条鱼，回教室的时候还顺便带回来几条小鱼干。

铃声一响，鱼香还未散，藏在桌肚里的三花从校服后面偷偷探出个头来，“喵。”

“？？？”讲台上的老师已经惊呆了。

班里一下子炸了锅。

“什么声？谁弄出来的，快点说。”

没人应声。

陆笙的冷汗都要流下来了，微微颤着的手正要举起来，旁边的许程陈已经懒洋洋地站起身，笑着说：“老师，是我。”

小鱼干的味道还未散尽，三花从桌子里一跃而出，年轻的女老师吓得整个人都是一蹦，“丢出去！”

许程陈伸手将小猫捞到自己怀里，“我的猫，它走我也走。”

结果这一人一猫自然要被老师、校领导一起赶出去。抱着猫离开教室的时候，许程陈举着三花的两只爪子摆了个“V”字，以示胜利。

其实人远远没有看起来那么脆弱，哪怕遇到了什么磨光勇气的艰难险阻，也往往不会流下眼泪。可是看到那个V字之后，陆笙却觉得喉咙一酸，几乎哭了出来。

前座的蒋琳问她：“你这是喜极而泣吗？”

她说：“阳光太暖，晃到眼了。”

12

那一天，许程陈成功保下了三花，却因为带宠物来学校的“罪名”被勒令回家反省。

过去两年里，这样的惩罚已经是家常便饭，只是每次的理由不同罢了。许程陈也不在乎，没有回班里收拾书包，便抱着三花踏出了学校大门。

一路上，三花都窝在他的怀中沉思。

盯了那间教室那么久，其实它还是不明白什么叫老师，老师是做什么的。凭什么它“喵”地叫了一声，就要被丢出去？世界那么大，不合情理的事情真多。

看那几个人类凶神恶煞的样子，难不成是它做错了什么？这年头，猫想吃条鱼都是错的。

“喵？”它困惑不解。

“哟，今天怎么舍得对我叫了？”许程陈对它的“示好”感到非常惊奇，蹲在校门口揉了揉它的脸，这才松开它，对它挥挥手，“走吧。”

虽然仍有些弄不清发生了什么，看着他独自离去的背影，三花还是决定暂时将他拉入人类列表里“友好”的那一栏。

嗯，依它来看，他有点像它，潇洒英勇，就是有点傻。

13

蒋琳算是陆笙高中乃至大学时最好的朋友了，为人爽快，唯一的缺点就是好奇心太重。

她不仅好奇陆笙泪点为什么那么低，还好奇对方为什么天天捧着两份笔记在记。

虽说这也不算什么亏心事，不过陆笙偏偏没敢告诉她自己是在为许程陈记。

高三已经不讲新课了，可是每日发下的卷子却是高一高二的两倍多。陆笙每天都默默帮许程陈整理好卷子和笔记，然后在攒到差不多的时候，在放学后偷偷跟上了许程陈的室友。

因为家里离学校太远，高中三年里，许程陈一直是在学校附近的一户人家当住宿生。她拐弯抹角打听到这件事，便像做贼一样偷偷找上了门。可是想要敲门时，她又觉得有些难为情，干脆回了学校抱了三花一起过来。

许是听到了门外的猫叫声，来开门的就是许程陈。

“你怎么……怎么找……”他因为太过惊讶，都结巴了。

陆笙红着一张脸道了歉又道了谢，把卷子、笔全都塞到了他的手里。

三花是被强迫着跟来的，高昂着脑袋在楼道里走来走去，当陆笙轻轻按着它的脑袋，让它也跟着道歉的时候，它只觉得这个女人不可理喻！

“对不起，让你帮我……”她愧疚得不知道该怎么说。

许程陈挠挠头，憋出来一句，“没事没事，我跟三花关系好，救它是应该的。”

还被按着脑袋低头道歉的三花忍不住冲他龇了龇牙，到底是谁和谁关系好啊？

人类啊，想说真心话的时候总是喜欢拐弯抹角。

14

趁着陆笙稍稍松开手的时候，三花纵身一跃，便窜进了这个房子里。陆笙心里一急，抬腿就想进门去追它，可是很快被许程陈拦了下来。

“我去。”他转身就进了屋。

而当他捉住三花出来的时候，陆笙还站在门口反思自己不该擅自闯进别人的家。

看她充满歉意又懵懂的神情，他始终不知道怎么开口告诉她——即使是男同学的住处，也轻易不要进。

后来，陆笙回校去上晚自习。许程陈拿着三花的爪子一下一下拍着自己的胸口，“怎么办啊？这该怎么办啊？”

培养防范意识，任重而道远啊。

三 喜欢你，本来就是我在心底悄悄进行的阴谋

“我喜欢你。”

“又是大冒险？”

“今天是真心话啦。”

01

可以回校的那天，许程陈手里只拿了那份笔记，卷子习题一点没做。

收卷子的时候，陆笙朝他皱着眉。他就对她做了个噤声的动作，“你就当我不知道有这回事。”

“这次的卷子都是重点题型！”

他自己不着急，她却替他着急，谁叫老师当初安排他们两个同桌是为了让她督促他学习。可是这么久过去了，竟然一点成效也没有！

“你这么闲，怎么就不学习？”

“我忙！”他回答得振振有词，然后为她细数了自己这几日的战绩，什么台球网吧 KTV，样样不落。

陆笙打生下来就没去过这些地方，那是与她毫无关系的一个世界。

“下次体育课，我带你去？”他提了个大胆的建议。

“不去。”她想也不想就否决了，心里却难免有些松动。

谁叫这世上有个亘古不变的道理：越是循规蹈矩的人，便越是憧憬那叛逆不受拘束的生活。

02

当许程陈第七次怂恿她的时候，陆笙就犹豫着答应了。

逃课，那是她做梦都不敢想的事情，她没勇气逃平常的课，只能选择体育课。

除了严加看守的学校大门和后门外，只有操场是与外界隔着一层栅栏。三花一大早就被许程陈抱到了栅栏附近，快要到中午的时候才等到那两个熟悉的身影。

许程陈身手灵活，翻墙翻栅栏都不在话下。陆笙却是生平第一次做这么危险的事情，连续尝试几次皆以失败告终。

三花懒洋洋地看了一会儿，简直不敢相信这世上有这么笨的生物，竟然连翻墙这种生存技能都不会。

它咂咂嘴，带着高傲的神情，从栅栏外跳到栅栏里面，再从栅栏的缝隙里挤了出去。

来来回回几次，陆笙看得心情低落。许程陈却不慌不忙，把早已准备好的鱼干往栅栏外一扔，三花没有迟疑地扭头去吃美食。

没了对比，陆笙再次爬上栅栏，对面的许程陈张开胳膊等她，“没事，我接得住你。”

许是他的神情太过笃定，陆笙咬了咬牙，竟真的一鼓作气翻了过去，然后在快要落地的时候被他抓住轻轻一托，安稳着陆。

辛苦这么一番，她的额上已经满是汗水，可是抬眸一看，他满头大汗，完全不输她。

她是累了，他是因为紧张。上次被校长从教室里拎出去的时候，也没见他这样紧张过。

走着走着，她在他身后“扑哧”一声乐了。

许程陈抹着汗水，不时偷看她一眼，发现她在笑之后，不由愣了一下，然后也跟着咧了下嘴角。

跟在他们两个身后的三花看傻了眼，这两人难不成还将成功翻墙当做什么了不起的事情了？这有什么可高兴的？

03

体育课剩下的时间已经不多了。幸好下课之后就是午休，他们两个就算不回去集合，体育老师也不会说什么。

有时候优等生就是有这点好处，那就是无论出了什么状况，老师也不会怀疑她是去干“坏事”了。

许程陈带她去了学校附近的一间网吧，这里的老板是他的熟人，特别允许他穿着校服就光明正大地走进来。只是这个时间网吧里人不多，待在这里的几乎都是他的熟人，一见他还领了个文文静静的小姑娘过来，原本想要打招呼的话全都成了起哄声。

时常在这里厮混的人自然是什么话都敢说出口的，脏话、调侃都夹杂在笑声里。陆笙跟在许程陈身后，才听了几句，就忍不住低下了头。

只是很快她便又听到许程陈扭头对那些人说了句，“都他……闭嘴。”

那些人似乎愣了愣，不明白他这是抽什么风。而当他们想要质疑的时候，陆笙已经被许程陈拉到背后了。她低着头往里面走，只听到许程陈在她身后又重复了一遍：“我说，有女生在，都安静点。”

这句文文明明的话显然没了什么气势。可是即便网吧仍旧嘈杂，一直忐忑不安的陆笙却像是吃了一颗定心丸，连脚步都变得轻快了不少。

04

那天中午，他们在网吧打了一个小时的《英雄联盟》，大部分时间是由许程陈耐心地教她如何操作。陆笙聪明，学什么都很快，可是从未接触过这类游戏，始终有些不习惯。许程陈也不嫌麻烦，一点点教起，什么 ADC，什么推塔、打野……哪怕是最基本的常识，他也说了个遍。

当天在网吧的人里面就有许程陈的好哥们儿盛世。盛世也是从体育课上逃出来的，期间几次不识相地过来邀请许程陈组队打排位，都惨遭拒绝。

后来还是陆笙觉得不好意思，对许程陈说“你就和他去玩一把吧。”

许程陈摇头，“不玩不玩，你不知道，他太弱了，总拖累我。”

于是，他借口不想与盛世打游戏而继续教她，她也心安理得地接受了。

直到后来与盛世越来越熟，陆笙才听对方拼命对她倒苦水：“哎哟哟，你都不知道，那天网吧里鸡皮疙瘩都掉了一地。你听听他说话那语气，好像教导主任似的。”

教导主任还算是个委婉的形容了，真要他说，他想说的是“老母鸡护食”。

而对于许程陈说他弱这一点，他只能在心底里狠狠唾弃了好兄弟一下。

呸，说他弱？单论《英雄联盟》，他可是全市数一数二。

当陆笙问他是不是真的的时候，他长叹一声气，“美人当前，兄弟如草芥啊。”

05

有些“坏事”一旦开了头，就很难收住手了。那天中午，陆笙一直和许程陈待在网吧里，直到午休快要结束，才匆匆在快餐店吃了点东西往学校跑。

可是两人跑得再快，也没跑过电子门关闭的速度。眼看着教导主任已经要来校门口查看有没有迟到的人了，许程陈当机立断，拽起陆笙就绕到了操场栅栏，“快快快，从这里走。”

他将迟到当家常便饭，还从未这样着急过，四处张望着，生怕她也被校领导逮到。

好歹也是第一次做这种违反校规的事情，说不慌张是不可能的，陆笙急得几乎要哭出来了。可是看到许程陈比她还急的样子，她反倒镇定下来了，安慰他说：“没事。”

三花懒洋洋地踱到他们两个身边，在那里晃着尾巴帮他们放哨。

有了之前的失败经验，这次陆笙翻得很成功，尝试了两次就翻到了对面。只不过不巧的是，教导主任也在这时遥遥地向这边望了过来。

因为距离遥远，本就有些近视的主任看不清到底是谁在那边，只能叫上身边的保安一起朝那边狂奔，边跑边喊：“那边的学生，别跑了，站住！”

陆笙被吓得一愣，几乎就要站住不动了，幸好许程陈推了她一把，“快走。”

也幸好之前她已经镇定下来了，迅速判断了一下形势，确定教导主任隔着这么远的距离确实看不到人，就飞快地朝远处跑去。可是当她拼命绕了个圈跑回教学楼时，却发现许程陈根本没跟过来，而且一整节课都没出现在教室里。

她心不在焉地上了一节课，直到下课时她想出去看看消失的人在哪儿，却在经过一楼收发室的时候发现了三花的身影。

这地方不是三花第一次来，它躺在桌子上懒洋洋地打着瞌睡，而在它身后，教导主任还在那里数落着许程陈的过错。

他说得慷慨激昂，许程陈听得心不在焉，偶尔从背后偷偷伸出两根手指头帮三花挠痒。

寻常的迟到好像还不至于这么严重，陆笙拉了一个看热闹的同学问原因。

那同学一脸佩服，“听说许程陈回校迟到，翻墙被抓个正着不说，还抱了只猫溜着教导主任在操场跑圈。”

这等“蔑视强权”的举动，又让许程陈在学校里火了一阵。可是大概只有陆笙才知道真实的原因了。

哪是故意去招惹教导主任？分明就是怕她也被抓到，帮她引走主任的注意力罢了。

可当她向他道谢又道歉的时候，他反倒不好意思承认了，非说自己是在帮三花减肥。

为了配合他，还未对吃肉产生过兴趣的三花张开口狠狠地在他手上咬了一口。

06

学校偶尔会在大礼堂开一次总结大会，主要目的是激励学生们努力学习，顺便表扬一下成绩好的学生，批评一下最近惹了事的人。

陆笙他们班坐在最靠前的位置，陆笙也坐在靠近过道的位置，方便上台接受表扬和演讲。而自从文理分班之后，她身边的那个座位就成了许程陈的固定座位。

她随时要上讲台，他也要啊。

只不过一个是接受表扬，一个是被拎出去当反面教材批评教育。

一次，陆笙因为突然生病，没办法上台做总结和演讲，许程陈在台上念完反省书后也没下台，顺手又从校服里掏出一份稿子，“接下来，由我为大家念一下陆笙同学的学习总结。”

教导主任的脸都绿了。

最后，这场总结会在许程陈念完稿子之后的一句，“嘿，这稿子写得真不错啊。听到没？大家都要向陆笙同学学习”中迅速结束了。

07

期中之后的第一次月考来了，终于又到了验证成绩的时候。辛辛苦苦辅导了许程陈多日的陆笙开始苦口婆心地劝他好好学习。

可是她毕竟只是他的同桌，又不是他的室友，不能在他回家时还看着他学习，便只能将此项重任交托给了认识不久的盛世。

盛世不仅是许程陈最好的哥们儿，还是他的室友。他爽快地接下了这项任务，但是也很好奇，“他要是真去网吧了，你能把他怎么着？”

这个问题也把陆笙难住了，她只是一心想要提高同桌的成绩，可是许程陈要是真不听她的，又流连网吧、球场，她又能把他怎么样？

最后还是蒋琳给她出了个主意，“他跟你当同桌，除了影响你成绩之外，还做过什么事啊？考完试你就让老师把他调走算了。”

这话刚好被许程陈听到了，他走回座位时脸色都是青的，坐下之后就开始翻箱倒柜地找东西。陆笙还以为他真的生气了，现在就不想跟她坐在一起了，正想着要不要解释一声呢，就见他终于翻出了几摞书本，重重地往桌上一摔。

“你……你干吗？”她有点紧张。

他还在气头上，瞪了瞪眼睛，最后憋出一句，“好好复习，天天向上。”

08

他们这所高中，平时无论月考还是期中期末，考试时都是按着成绩分考场的。

陆笙所在的考场里聚集了学校一等一的学霸们，课间大家基本都在对答案，或是探讨着某道题的解法。她听得心不在焉，最后还是忍不住去了许程陈的考场。

两间教室离得很远，她走到那里的时候，从门口探了个头进去，却没看到许程陈的身影。她还是听教室里的盛世说“找许程陈？他出去了。”

陆笙说了声谢谢就想走，可是盛世是个大嗓门，都没等她的身影消失就在门口开始大肆宣扬，“对，这就是许程陈的同桌，学霸。”

在这个考场里的人，基本上都与学霸不怎么投缘。好不容易在考试的时候见到一个活生生的学霸出现，坐在前排的同学不见外地非让她透露一下英语作文会出什么题。

陆笙既是班长又是英语课代表，老师出题时基本不会避着她，这次考试会出什么，她多多少少也都知道。如果别人来问，她一定会说自己不知道，可是许程陈的朋友们问，她就不争气地犹豫了一下。

刚巧，许程陈就在一帮人起哄的时候回来了，他不由分说，将陆笙往教室外面一拉，催她快点回去。

陆笙走了几步又回头，突然凑到他耳边轻声问他：“要不我偷偷告诉你一个人吧？”

做了这么久的同桌，又有过多次革命情谊，她也算是跟他“学坏”了。

许程陈的脸从额头红到耳根，不论她说什么，他都跟着点头。

结果后来卷子发下来之后，他的英语作文果然没得高分。

陆笙觉得自己特别失败，“你连上网查查范文再背下来几句都不会吗？”

许程陈把脸埋在卷子后面，只当自己是羞愧，没敢告诉她，那天自己晕乎乎的根本没听清她说了什么题目。

09

虽说英语成绩算不上好，可是总成绩排名出来之后，陆笙惊喜地发现，许程陈的整体成绩上升了一百多名，算不上多，但也不少了。

就连班主任都有点不敢相信，把这称之为奇迹。

瞧他也没受到什么激励、鼓舞或是大刺激，怎么就安分学习了呢？

而很快，班主任就知道她想错了。许程陈这纯属是为了考试一时兴起而做的努力，考完试该怎么不安分还是不安分。

于是她开始琢磨着是不是要把这个大麻烦换个位置。总让他这样坐在全班最老实最优秀的学生面前也不是个办法，陆笙这次考试成绩已经下降了。

这个想法很快得到了实施。

许程陈先后被换到了几个不同的位置，可是通通都在不到一周的时间里，被同桌举报到老师那里，说他影响自己学习。

无论男女，说法都出奇地一致。

教育也教育过了，实在没办法，班主任又想到了陆笙。至今为止，只有陆笙没提出过不满，而且实打实地让许程陈的成绩提高了。

于是，班主任拉着班长的手苦口婆心地劝她再委屈一下，又警告了许程陈一番，再次让两人坐回了同桌。

在许程陈搬回陆笙身边的那天，之前与他坐过同桌的所有人都心照不宣地竖起大拇指为他点了个赞。

10

虽说同桌之位被他故技重施保住了，可是陆笙成绩下降了仍是一个不争的事实。

许程陈也不是看不出来她心里急，在那之后一周的课上课下，再也没跟她说些没用的废话。她做题时，他就让周围的人都安静点。她累了想趴一会儿的时候，他就帮她接过发下来的卷子。

相反，陆笙倒是很理智，她知道自己的成绩上升下降都在正常范围，不值得大惊小怪。可是眼看着他因为她的成绩安分了许多，她也故作焦虑，每天都埋首书本。

也别说，这回她叫他学习，他的表现可比之前积极多了。

两人课上、课下说过的最多的话就是学习。前桌的蒋琳都听烦了，她说："再这么学下去，你们两个干脆进小班算了。"

每个学校总会有一个精英班级，他们的学校也不例外。那个班级总共只有三十人，学校前三十几乎都在那里了。而陆笙每次考试都排在全校前十左右，之所以一直没进那个班级，一开始是因为中考的失利，后来就是因为不想离开熟悉的班级，去压力那么大的环境。

可是不想去归不想去，每次考试前，班主任都会给她鼓鼓劲，让她努力一下，争取坐上全校第一的宝座。

每个学校都有一个传奇般的存在，他们这所学校也有。而且他们全校的第一名不仅学习好，长相更是清清秀秀，为人也不死板，很受女生们欢迎，更乐意与女生们一起讨论时下最流行的选秀节目。

这种边玩边学绝不拼命的选手，通常被称为"天才"。

陆笙的成绩全靠自己勤奋努力，可是再怎样拼命，都绝对超不过一个同样勤奋的天才。偶尔爆发一次，考个全校第二，也从未夺得过第一的宝座。

许程陈渐渐也发现了她想超过那全校第一的心，可是又帮不上忙。最后，抓耳挠腮地想了几日，他在一次与实验班同时上的体育课上，拿着篮球，点名要天才上场。

天才平常不怎么打篮球，难免觉得莫名其妙。

陆笙也跟着奇怪，连忙问盛世是怎么回事。

盛世是个大喇叭，根本管不住自己的嘴，一句话就把许程陈给卖了，"他要砸天才一个半身不遂。"吓得陆笙连忙以自己要请教一个难题的理由把天才骗走了。

只不过后来许程陈极力否认这是事实，他坚称自己只是想在球场上帮她出口气，绝对没有对天才造成什么人身伤害的想法。

陆笙将信将疑，后来又考完一场试，才意外地发现许程陈正抱着三花，怂恿它去挠天才一脸血，拉低对方的智商。

这主意也挺侮辱三花的智商，最终，它抬抬前腿，在他脸上狠狠抓了一下。不过鉴于他是出于关心陆笙的心理，它没伸爪子，只伸了肉垫。

11

埋头苦学勉强考一个大学固然可以，但许程陈却在某一天突然决定要当个体育特长生。

这是他与陆笙郑重地讨论过后定下来的，而且也得到了班主任的认可。

只是这样一来，他就要抽出许多时间去训练。陆笙找不到时间给他恶补文化课，每次都只能抱着书本习题去操场等他。

夏天时还好，天黑得晚。冬天时天气又冷，外面又黑。她就干脆舍弃了晚休时回家吃饭的时间，在教室里等着给他补习。

许程陈过意不去，坚决要请她吃晚饭，一次，她在空荡荡的教室里整理资料，他出去帮忙买饭，回来时手里却多了个包装好的盒子。

陆笙一看就明白了，今天确实是她的生日。

这一天她已经收到不少礼物，可是最好奇的就是许程陈会送什么。结果拆开一看，竟是一个亲手做的猫窝，既暖和又厚实。

天气越来越冷，虽然三花可以在居民楼里过冬，可是始终没个像样的窝。

陆笙还是第一次收到这样贴心的礼物，哪怕这个东西不是做给她的。

许程陈还担心自己是不是送错东西了，都没敢当众拿出来，可他还在忐忑不安的时候，她已经激动地伸手抱了他一下，“谢谢。”

虽然非常短暂，还隔着一个猫窝，但在这寒冬腊月里，却热得他心里嗖嗖地窜着小火苗。

12

天气一冷，就要过年了。高三上半学期直到小年那一天才结束。

放学回家的路上，过年的气氛已经开始浓厚了起来。

许程陈的家离学校有些远，还要坐很久的地铁才能到。假期难再见，为了感激他这半年对三花的照顾，陆笙决定先让三花给他拜个年。

可是当她欢欢喜喜为三花穿上买来的红衣服之后，又突然傻了眼。

是啊，过年了啊。如果她放假回了家，三花该去哪儿？总放在蒋琳家里也不合适。

这个难题让她在拜年的过程中心不在焉，本想摆弄着三花的爪子让它作揖，却将它按成了五体投地式。

“不……不用行这么大的礼。”许程陈觉得有些惶恐。

三花在地上扑腾了又扑腾，恨不得扭头去咬这个女人几口，可是这么久的相处，它也知道对方傻，绝对听不懂它在说什么。于是它改变路线，哀求般地“喵喵”叫了几声，极是可怜。

陆笙果然飞快地松了手，连声给它道歉。

三花觉得自己再待在她手边实在是有些危险，挣脱束缚之后，想也不想就跳到了许程陈的怀抱里，找了个舒服的姿势窝下了。

依它的判断，许程陈在陆笙面前一向是不敢对它不好的。但是它没料到的是，正是因为这一点，陆笙突然灵光一闪，恳求地看向许程陈，“你家可以暂时收留三花吗？”

什么？这才一句话的工夫就要把它送人了？

三花挣扎着想要举爪抗议，不过很快就被许程陈半是强迫地给压回去了，他连声答应：“可以啊！可以啊！”

事情竟然就这么愉快地决定了。

因为三花不能上地铁，许程陈竟然豁出去打了个车回家。出发时，三花一直隔着一层车窗对窗外的陆笙挥爪子。

阴谋！这都是阴谋！你没看到他在偷笑吗？

13

如果说三花跟着许程陈回家于许程陈而言有什么坏处，那就是手机耗电太快了。

即使是新年期间，陆笙也不忘关心三花的起居，时时刻刻想要发微信询问。

在这两人偷偷视频的时候，被迫蹲在镜头前的三花有事没事都会给许程陈两爪子，它想通过这种方式告诉屏幕另一端的人，它和许程陈相处得并不愉快。

可是陆笙的天真和许程陈脸上的微笑，都让它的计划彻底宣告失败。

渐渐的，它便懒得出现在那个奇怪的镜头前了，而专心致志地蹲在许程陈家里养的那只傻狗面前，研究着怎样能让对方变得聪明一点。

那是条成天都在傻笑的哈士奇，有事没事就撒欢似的追在它身后，想要吸引它的注意力，跟它玩。

再看看手机前的许程陈，同样是一脸傻笑，也不知是和陆笙聊了什么有趣的事。

三花终于摇了摇头，放弃了原本的想法。

狗都是随主人的，改不了了。

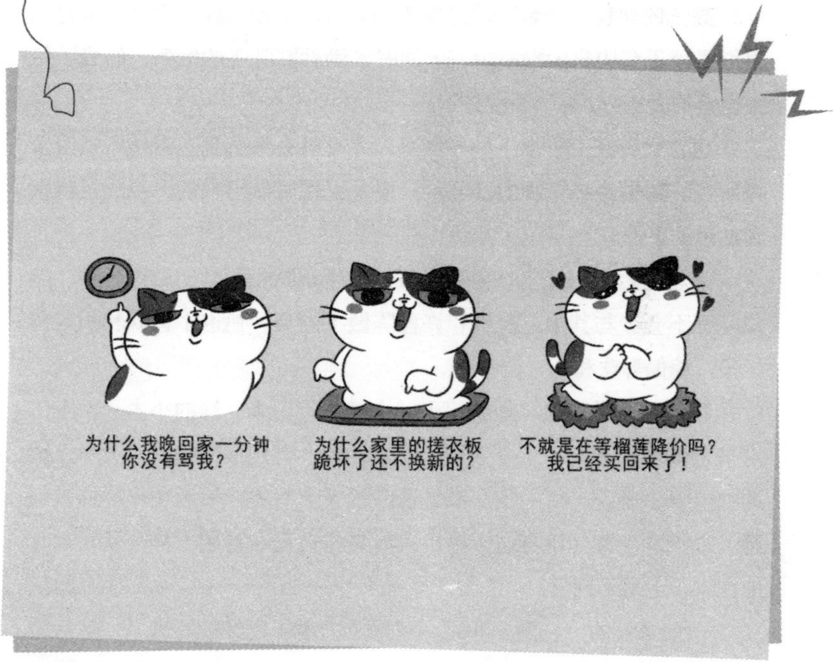

四

幸福不是长生不老

“如果有一天你成了植物人，我该怎么叫醒你？”

“为什么要叫醒我？我还要开花呢。”

01

高三的课程十分紧张，过完年没多久，学校已经开学了。可是学生们仍处于节庆日的兴奋中。上课时，满教室乱飞的纸条已经成了每天固定的娱乐方式。

也许只有在大学以下的年级里，才有机会体会到上课传纸条的乐趣所在。哪怕是最无聊的话题，只要是上课时做出来的，都成了特别有意思的事情。

陆笙是班长，又坐在前排，虽然不喜欢制止同学们做这种事，但却几乎不会参与其中。直到和许程陈做了同桌，他也不喜欢和别人传纸条，偏偏喜欢和她“传”。

他们两个是同桌，他就搞了一个像是笔记本一样的小本子，专门用来上课与她聊天。从今天早上吃了什么，再到最近的国家大事，通通都能拿出来说。每一次，都是他在本子上写完，然后装作要请教问题一样把本子推到她身边，她也只能装作自己在看题一样，认认真真地在本子上写下回复。

一来二去的，直到毕业时，那厚厚的本子已经被写满了，然后被许程陈当毕业礼物送给了陆笙。上大学时，同寝室的同学好奇地指着那本子问陆笙：“你不会还写日记吧？”

陆笙想了想，认真回答她，“那是情书。”

年少时，一个男孩子想要更了解更靠近心上人的小心思，通通都藏在那看似平常的一字一句之中了。这怎么能不算情书？

02

高三时，同桌之间的关系几乎算得上是最亲密的。一天足有十二个小时的相处时间，想不熟悉也难。

到了下半学期的时候，陆笙惊讶地发现自己已经习惯了与许程陈逃课。只不过他们每次逃的都是体育课，趁着还没到午休的时候，可以提早去食堂里吃个饭。

他们高中食堂的麻辣烫是一绝，陆笙在家里时父母管得严，从来不敢吃这种东西，每次都是偷偷跟着许程陈在学校一饱口福。

许程陈在学校名气太大，上到校长下到打扫卫生的大妈，全都认识他，更别提食堂的师傅。

每次跟着他去，陆笙碗里的麻辣烫都要比别人多三分之一，恨不得冒出碗去。她跟着大叔大妈们连声道谢，然后每次都能换来大妈们笑呵呵的一句，“这闺女长得多文静。”

她们慈爱的目光，就像是看到了儿子未来的媳妇一样。陆笙被看得不好意思，恨不得将脸埋在碗里。对面的许程陈却面不改色，就是去的次数变得更多了一些。

偶尔，陆笙也会偷偷抱三花去，让食堂大妈们帮它改善一下单调的伙食。可是三花却始终没弄明白食堂是个什么地方，它只知道这里有着充足的食物，而且没有那些凶神恶煞的校领导。

一次，食堂也不知是做了什么鱼，它鼻子灵，纵身一跃就想往厨房跑。可是学校食堂这种地方哪能让猫跑进去，许程陈心里一急，隔着诸多障碍就身手敏捷地跳上了桌子，从食堂的一头追着它到另一头，终于在它跑到厨房前把它扑倒在地。

只是可惜了那些被踩脏了的桌子，陆笙跟食堂的大叔大妈们挨个道歉，然后挽起袖子拿起抹布就去善后。

大妈们也没生气，象征性地骂了许程陈几句，就指着陆笙的背影对他说：“她那么勤快帮你收拾，倒好像你的小媳妇似的。”

被骂时，许程陈面不改色，听了后半句，那脸红得都快挖个坑把自己埋进去了。

03

学习再忙，午休时体育馆里也总有一场篮球赛。以前陆笙从来不去看，可是后来和许程陈都熟到那份上了，再不去好像有些不给他面子，就跟着蒋琳一起去了。

其实她始终看不懂篮球的规则，哪怕许程陈始终在她身边说着那些著名人物和队伍，她也只能记个大概。

盛世和许程陈不是一个班级的人，平时许程陈有比赛，他就只有在旁边看着的份。每次看到旁边一群男生女生为了许程陈激动，他更是纳闷陆笙怎么一点反应都没有，“就刚刚那一球，连我都觉得他帅。”

帅吗？应该是挺帅的。不过陆笙觉得自己可能是平时看许程陈看多了，也没有什么不一样的感觉。

直到那一天比赛快结束了，盛世突然窜到场边夸张地大喊了一声，“程程我爱你。”

许程陈浑身一抖，拿起球就想朝他砸过来，可一扭头就看到了盛世身边的陆笙。

“啪嗒。”手里的球就那么掉在地上了。

他手忙脚乱地去捡球，再抬起头时，脸上已经满是笑容。他单手托着球，另一只手冲着场边的她轻轻摇了摇。从窗户倾泻进来的阳光刚好洒在他的眉眼间，为那笑容铺上一层柔光。

那天你在阳光下笑得很好看。

周遭仍然嘈杂，陆笙不由自主地捂了下心口，果然，好像是挺帅的。

04

越临近高考，自习的时间变得越来越多。

有许程陈适时帮她维持秩序，陆笙坐在讲台上时轻松了许多，不仅可以专心致志地复习，偶尔还能走走神，她走神的时候最喜欢做的事情就是看许程陈作画。

上学时唯一能穿的外套就是校服，可是那呆板的运动服款式，只能让大家绞尽脑汁地去把它变得好看一些。由此，走在学校里的时候，经常能看到大家校服背后那块空白的地方画满了各种图案。

许程陈一连几天的自习都在校服上面画三花。只是他的画功实在是让人不敢恭维，陆笙也借此机会知道了三花在他心中的形象。

那就是个肉球！还是个死鱼眼一脸呆滞的肉球！

三花每次见到他时，都会盯着他身上那幅画看一会儿。陆笙几次欲言又止，都没敢告诉自己的小猫，那画的就是它。

她怕它去挠许程陈一脸血。

可是许程陈也不知是傻，还是自我认知不够，他偏偏要得意洋洋地告诉三花："看，像不像你？"

反复几次，三花终于用自己刚刚锋利起来的爪子挠烂了他的校服。

许程陈住宿舍，条件不方便，最后还是陆笙偷偷从家里带了针线过来帮他缝补好了。可惜她的技术也差，缝了还不如不缝好看。三花一抬爪子就能再次抓烂。

它抓，她再缝。她缝，它再抓。

这之后，许程陈与陆笙之间的关系也是最僵硬的时候。可是每次三花把许程陈的校服抓破，陆笙还是会锲而不舍地拿去缝，两人自然而然就和好了。

他们两个似乎都有这样的默契，三花与他们隔墙遥遥相望，觉得自己像个做好事不留名的英雄。

我只能帮你们到这儿了。

05

"一模""二模"这么考过来，直到快要到最重要的"三模"时，教室里的气氛比往日紧张了不知道多少。唯一能缓和一下氛围的事情就是一次突然的大扫除。

每次全校大扫除的时候，都是学生们放松的好机会。除了一部分留在教室里打扫卫生的人，剩下没有任务的都可以去操场上坐一坐，等待放学。

陆笙本来是要在班级里指挥大家干活的，可是因为她每日都很辛苦，老师体谅了她，特意让她出去歇歇。而等她走出教学楼的时候，操场已经挤满了聚在一起说说笑笑的学生们。

往常陆笙一定会和蒋琳绕着跑道散步。可是这次蒋琳也被留在班级里了，她正想找个角落安静地吹会风，就见许程陈也从教学楼里出来了。

操场上不知道有多少人喊他过去，他通通婉拒，然后走到她身边坐下，也不说话，就跟她一起坐着吹风。

两人平时在教室里已经将该说的话全都说完了，到了这个时候反倒不知道该聊些什么。

最后还是陆笙先开口，“你想考哪个大学？”

他们很少说这样的话题，可是高考确实是越来越近。

见他似乎有些犹豫，陆笙又说自己想考C大，那是他们这座城市里最好的一所大学了。

那一天坐在操场边上吹着风，她说了许多对大学的憧憬。向往那时的自由，也像许多这个年纪的小女生一样，渴望在最美好的大学时代谈一场恋爱。

虽说青春总是带着遗憾的，可是如果没能在最单纯懵懂的年纪里，谈一场最纯粹也没有那么多烦恼的恋爱，将来年老之后该有多后悔啊。

可是女孩子总是喜欢胡思乱想，她又有些担心，一次失败的初恋会成为永远抹不掉的伤疤。

说完，她几乎以为许程陈要开始嘲笑她了。

可是他却一本正经地提议，“那就找个熟悉的人呗。”

知根知底怎么可能被骗？靠谱。

只是后来陆笙怎么想都觉得不对劲，她在班级里最熟悉的男生可不就是他吗？

这就差直接把自己的名字说出来了。

不过多年之后，他就用事实证明了这个提议确实靠谱，而时限，则是年少时的他们想象不到的漫长。

06

“三模”过后，陆笙考试失利，跌出了年级前二十名。

班主任一急之下，不仅找她谈话开导她，还为她单独安排了一个靠近讲台的座位，远离了许程陈和其他同学。

可是直到下一次考试来临之前，陆笙的焦虑仍然没有得到缓解。

偏巧某一日，高二那边的一个学弟因为压力过大，被老师批评了几句就跳了楼。听说还是一声不响突然扒着窗户就跳下去的，吓得全班的人三天都没缓过神来。万幸的是，他掉到楼下的花坛里面了，除了崴了脚之外，什么事也没有。

可是这个意外还是让许程陈心有余悸。一次，他刚从教室外面回来，看到陆笙就站在窗户旁边往外探着身子的时候，吓得腿都要软了，想也不想就跑过去，拦腰把人抱了回来，“不就是个成绩吗？你疯了啊？”

许程陈脾气算不上好，不然也不会有那么多可怕的名声。可是这还是陆笙第一次见他对她发脾气，只不过这次她一点也不怕，只是怔怔地看着他，眼睛里隐有泪光。

“我没事啊……”她无意识地喃喃道，然后又解释自己是想看看无意间掉下去的卷子还在不在。

“我有事！”他怒气冲冲地甩下这句话，摔门便走，一整节课也没回来。

最后，陆笙正想着自己是不是该去道个歉，就听同学说，许程陈在楼下坐着呢。

她靠近窗户一瞧，果然看到许程陈独自坐在花坛边的背影，手里还紧紧攥着千辛万苦才从树丛里帮她找出来的卷子。

一时间，两年间的许多事情纷纷涌上心头，就像是当初他抱着三花出去时。她喉间一酸，几乎就要落下泪来。

07

回想高三刚开始时，陆笙晚上放学回家的时候，一定会经过学校旁边的奶茶店。那里常年都是辍学的那些小混混们的聚集地，偶尔见到了漂亮的女生都会连声吹口哨，或是大声地品头论足。

有些女孩子觉得害怕，往往会选择成群结队地回家。

有一次陆笙因为与老师谈话而走晚了一步，班里的同学早已走光。她自己锁了门，有些忐忑地出了校门，却看见许程陈正站在门外等着她，“反正顺路，咱们一起回去？”

跟他一起走的好处就是安心，随随便便一个眼神飘过去，该闭嘴的都闭了嘴。

后来他每天都以顺路为由陪她一起回家，直到那些混混们再也不来了，陆笙也终于发现他的宿舍与她家是两个方向。

“我……我就是散散步。”他看起来根本没想好借口，最后好不容易编了个漏洞百出的理由，那闪烁的眼神却完美地出卖了他。

陆笙直到最后都没有追问他真正的理由。

学生时代总是单纯得一眼就能看透，那点小心思藏也藏不住，正因如此，每一段感情开始时都是纯净又美好。

08

高考时，两人果然没被分到同一个考点考试。相较起陆笙来，早已经通过体育加试的许程陈倒是不紧张，只要他考得不是特别烂，就一定能考上一个二本。

可是陆笙不一样，她要报考的是全市最好的那所大学。自从离校之后，就几乎没时间去见三花。最后还是许程陈主动抱了三花回家，直到彻底考完那天，她才专门去许程陈家里接三花回来。

许程陈的家离 C 大很近，两人顺便抱着猫在 C 大里面逛了一圈，刚巧碰到了这里的体育教练。对方很热情地对许程陈打着招呼，问他考得如何，是不是也可顺利报考这里。

陆笙很惊讶，“你也要考C大？”

他挠挠头，“应该是……不，一定行。”

后来，陆笙比其他人都提前知道了自己的成绩，因为她是他们学校的第一名。

天才的学生生涯里，考试时只失利过一次，那就是最重要的高考。

可是无论怎样，得到第一还是一件值得庆贺的事情。得知喜讯之后，几个朋友特意叫上了陆笙出去庆祝。而距离他们最远的许程陈坚持赶了最后一班地铁过来，陆笙刚刚打开包间的门见到他，就被他抱了个满怀。

“太好了！”他激动得就像是自己得了全市第一一样。

盛世的大嘴巴也终于在这个时候派上了正面用场，他说：“许程陈已经是C大特招生了，就等你了。”

因为她想考C大，他才那么努力，想挤进那间名校。可是他又担心她会因为压力而考试失利，一直没有做出决定。

那句“应该是”是在说自己，“一定行”是在说她。

这样的场面，起哄声几乎压过了饭馆里原本的喧嚣声，可是陆笙却将自己的心跳声听得一清二楚。

在这个几乎挣脱不开的拥抱下，不知多久之前就已栽种在心底的那棵小小的萌芽，终于开始慢慢开花、结果。

09

散伙饭上，每个人都喝得醉醺醺的，只有陆笙不敢碰酒，始终清醒地坐在一边。在听到蒋琳绘声绘色地给大家讲那日许程陈如何激动的时候，陆笙飞快地跑过去捂住她的嘴，“别说了。”

“说吧说吧，老师也想听听。”意外的是，这话是班主任说的。

蒋琳吓了一跳，不等陆笙捂她的嘴她也不敢说了。

可是班主任却借着喝酒的动作抹了抹眼角的眼泪，然后又笑，“怕什么，从今往后你们都是大人了，如果能在一起好好的，也是件好事。”

这也许是此生最后一次聚齐这些人，从今往后，再熟悉的同学之间都可能没了联系。

几个女生泪点都低，一个比一个哭得凶，就连陆笙都哭得连解释都忘了，最后还是许程陈主动过来揽住了她的肩，对班主任郑重承诺，“我们以后一定好好的。”

那之后很久，陆笙都在埋怨他，明明那时还没开始谈恋爱呢，怎么就当着全班人的面说那种话。

可是许程陈时隔很多年都觉得自己那时真是明智，一个动作一句话，虽然是提前了点，但却挡住了别人多少非分之想啊。

同班同学之间发展发展挺好，不过谁也别想来“发展”他的女朋友！

10

报考的那几日，不少高校招生办的负责人都来询问陆笙的意向。那副架势简直像是要将陆笙绑到自己学校一样。许程陈跟着提心吊胆了好几天，生怕陆笙反悔。幸好陆同学意志坚定，毫不犹豫地填报C大之后，一连几天都和蒋琳在外逛街。

正如班主任所说的那样，毕业了，相当于迈出了长大成人的第一步。而蒋琳认为，女孩子证明自己已经解放的第一步，就是一双高跟鞋。

陆笙从来没穿过高跟鞋这种东西，一来学校不允许，二来自己也觉得不舒服。

事实证明，她想的是对的。

当许程陈也应蒋琳之邀赶过来的时候，看到的就是陆笙穿着高跟鞋摇摇欲坠的样子。他连忙上去扶了她一把，有点担心地问：“不穿不行吗？”

虽然他也承认穿高跟鞋的女孩子很漂亮，可是现在一看陆笙的样子，就觉得这发明简直是反人类。

“不行不行，这可是优雅女人的象征。”蒋琳非要和他辩一辩。

最后陆笙还是买了那双鞋，可是买完之后也觉得有些后悔，“优雅是优雅了，连路都走不了，以后还怎么赚钱生活啊？”

结果许程陈顺口接了一句，“我养你啊。”

蒋琳本想劝她的话全被这句话给堵回去了，她佩服得竖起大拇指，“你真行啊。”

11

依蒋琳和盛世等人来看，毕业之后，许程陈终于不再将那点小心思藏着掖着了，简直就像是撒欢一样，什么话都敢说，什么事都敢做。

陆笙却还没做好心理准备，心知肚明归心知肚明，真要直面这个问题，她也弄不清自己到底是怎样想的。

为此，假期里她甚至很少与许程陈联系，每天没事的时候就回学校后门，抱着三花倒苦水，“怎么办啊？怎么办啊？”

三花硬生生被她说烦了，一次趁着她没来，就循着记忆里的那条路，去许程陈的宿舍做次“好猫好事”。

只可惜它现在还弄不清家与宿舍的区别，好不容易找到那间宿舍了，许程陈却早已搬回了家。幸好低年级的学弟还住在那里，一见它有些眼熟，还是给许程陈打了个电话过去。

许程陈赶来得飞快，抱着它回了学校后门，就犹豫着打了电话给陆笙。

许多天没联系的两个人不得不碰了个面。让这两人终于凑在一块之后，三花就溜达着去睡觉了。只剩下那两人坐在台阶上独处，许程陈也看得出陆笙在躲他，可是有些事他必须要说个清楚。

“我喜欢你。”

至于是哪天开始喜欢的，他也说不清了，可能是刚分班时她的细心能干，可能是所有人都在批评他的时候她的仗义执言，可能是他不小心伤到她时，她的温柔……

只有一点是确定的，那就是他真的很喜欢她。

她总说，青春难免有遗憾。而他，不仅仅想在她的青春里占据一席之地，他想陪她走过的是不再有遗憾的人生。

12

许程陈是在大学开学之后正式追求陆笙的。

身在同一所大学的好处就是难免会碰面。她读金融系，他读体育系。报到那天，许程陈办完了自己的手续，就迅速与学长们处理好了关系，连女生寝室在哪里、又该如何登记都弄得一清二楚，只等着去校门口接陆笙了。可是他显然忘了，开学时还会有家长前来送行。

陆笙是跟着爸爸妈妈一大家子一起来的，他离老远就看到那群人，犹豫再三，竟花言巧语地骗来了学长的绶带，硬装成高年级的学长前去接待。

陆笙看到他的时候，眼睛都直了，可又不知道怎么去揭穿他，只能强装镇定。

倒是她的表姐一直在感慨，“这学校的学长长得可真帅。”

那天许程陈拼了命装出一副成熟稳重的样子，与陆笙的家长们相谈甚欢。临走前，陆笙还听到自己的长辈们在拜托他，“以后我们笙笙在学校里有什么事情，可要请你多照顾了。”

许程陈连声答应。

自那之后的四年里，陆笙家里的人都以为他是陆笙的学长，有时候还时不时在家中提起他，语气里隐有想收他做女婿的意思。

“以后我看你怎么解释。”陆笙始终觉得哭笑不得。

许程陈的态度却是，“不解释了，先斩后奏。”

结果到最后他没解释，长辈们也从未细究过这个问题。

后来还是表姐好心地告诉陆笙，“你以为大家真没看出来他也是新生啊。这不还是想弄清他是不是喜欢你嘛。”

结果弄清的同时，也已经被许程陈给打动了。

最后只有陆笙一个人始终觉得不对劲，闹了半天，一面是在讨好未来女朋友的家长们，一面是在打量审视未来女婿。

全都是揣着明白装糊涂，她白担心了。

13

说到大一，不得不提的就是军训。就为了这个军训，本来时不时要回家住的许程陈必须一直住在学校，就连三花也只能暂时被他放在了家里，没空探望。不过他身体素质好，军训虽累，也没什么受不了的。

相较之下，从小身子就弱的陆笙才在烈日下站了一上午，就已经有些受不住了。

午休时，饿了一上午的其他人都奔向食堂抢饭，陆笙才告诉室友们不用管自己，就见他从远处跑了过来。

“没事吧？要不别训了。”他们两个的方队离得太远，他可是不知费了多少工夫才遥遥地盯紧了她。

“没事没事。”陆笙可不想因为这点小事就搞特殊，结果一起身就是一阵眩晕。

许程陈手忙脚乱地想要扶她去医务室，却被她坚决制止了，她可不想这么快就在学校扬名。

不过世事永远事与愿违。

当日下午军训途中，她还是因为中暑和虚弱直直地倒了下去，而远在操场另一侧的许程陈则在众目睽睽之下跑了过来，将她抱到了医务室。教官问他和她有什么关系的时候，他理直气壮地答了一句，“男朋友。”

从那天起，原本坚决不肯脱离集体的陆笙终于有了不想军训的念头。

真是羞得没脸见人了。

14

事实上，许程陈一而再、再而三地自称是她的男朋友之后，陆笙再向别人解释他们两个还没有交往的时候，已经没有人相信了。

就算有相信的，也会用难以置信的目光看着她，“你疯了吗？郎有情妾有意的，还在等什么啊？再不答应，他可分分钟就被抢走了。”

许程陈在高中时称得上是彻彻底底的问题儿童，可是上了大学之后，那个性子收敛了些，有些缺点也渐渐被学校的女孩子当成了难得一见的优点。更重要的是，即便到了大学，有些女生还是会迷恋一些长相出众又曾经叛逆不羁过的少年。

许程陈的受欢迎程度，远远超过了没有多少人敢与他深入交流的高中。

而室友说他们两个“郎有情妾有意”其实也没错，就连陆笙都不敢说自己这么多次默默接受了他的示好，却还不喜欢他的话。

只不过她总觉得，既然是一辈子只有一次的初恋，总要慎重一些才是。

而许程陈也没有像其他人所说的那样坚持不下去，每日还像高中时那样跟在她身边乱晃，直到他渐渐开始忙起来。

学生会最喜欢的就是许程陈这种不惧场又有办事能力的人。当日报到时与他混熟的学长们都曾邀请他来自己的部门，并说只要他参选就稳进。许程陈问过陆笙的意见，陆笙却说让他随自己的心意选择。

当然，她在心里默默添了一句，“不要去文艺部就行。”

文艺部不适合一个搞体育的男孩子？不，只是文艺部的女生太多了而已。

而许程陈偏偏只去文艺部问了招不招男生。

陆笙听完之后有一整节课都气不过，可是很快又反应过来了，“你是不是故意的？”

“是。”他竟然就这么不要脸地承认了。而且解释得一本正经，“我就是想看看你会不会吃醋，可我又想不到不过分的办法。”

说到底，他还是有些担心她是不是真的不喜欢他。等一个答复不难，难的是心里一直没底。

“真幼稚。”对于这件事，她只给了这三个字评语，可是紧接着又小声嘟囔了一句，“不过我吃醋了。”

抬眼一看，面前的人委屈不复，已经笑成了一朵花。

15

后来许程陈没参加什么文艺部，反倒是陆笙因为大提琴的特长进入了学校的艺术团。

许程陈一直知道她有这个技能，可是从来没见她演奏过，第一次见她排练时的样子，几乎看傻了眼，夸奖的话想了一堆都没说出口，最后憋出来一句，“太帅了。”

陆笙“扑哧”一声笑了出来，还告诉他，正式演出那天这样夸她一句就足够了。

能让天天被别人喊着“帅帅帅”的许同学夸她帅，她也算是圆满了。

可是真到了演出那一天，在掌声中刚走到后台的陆笙就被一大捧白玫瑰包围了。

这是她人生中第一次收到男生送给她的花，而捧着它的许程陈始终没能直接开口说出“真的很漂亮”这句话，唯有用花语来代替。

纯洁、高贵、天真和纯真的爱，这是白玫瑰的花语，也是他对她的称赞。

而后来，陆笙又知道了白玫瑰的另一层意义：我足以与你相配。

五 当我喜欢上你的那一刻，你我的世界已经春暖花开。

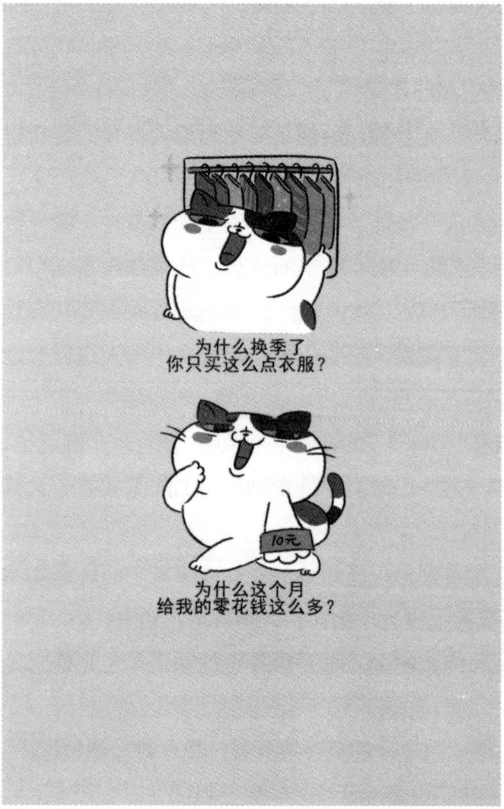

“喜欢是什么？”

“就是你长成身份证那样，

我也愿意使劲儿挽着你呀。”

01

上大学那年，许程陈做什么事都想做得最好。

陆笙的金融系是出了名的美人多，他蹭了一节又一节的课。陆笙坐在他后面一排，他前面一排坐着整个金融系最漂亮的姑娘们。

课上，许程陈频频回头，引众人注目。

陆笙觉得不好意思，“前面就是美女，你怎么不去看？”

许程陈前后各看了一眼，最后仍是托着下巴看向她，“要看就看最漂亮的那个。”

后来陆笙一年比一年漂亮起来，人人都感叹她这是被许程陈夸出来的。

许程陈却不同意，“明明是他们之前没发现。”

因为他们也不喜欢我啊……陆笙在心里悄悄地说。

认真说起来，这世上哪有什么“情不知所起”，只是刚好那年，我遇见了我眼中最漂亮的那个你。

02

最后真正让陆笙下定决心接受许程陈当她一辈子只有一次的初恋的，是一个男孩子。

是的，没错，不是言情剧里催动剧情发展的女二号，而是男二号。

那个兄弟很有意思，他和他们是同一届的，而且是陆笙同一个系不同班的同学。据对方所说，他在大学开学时就注意到了这个全校第一的美女学霸，当时就决定一定要将陆笙追到手。而开学后不久，他也真的不顾许程陈的存在出手了。

“我听你宿舍的同学说了，许程陈不是你男朋友，他都是自称的。怎么这么不要脸呢？那人你可不能要啊。”他苦口婆心地劝着。

陆笙本以为自己一直不搭理他就行了，结果她越不说话，对方越来劲。到了最后，她反复跟他解释自己和许程陈就是情侣关系，他也不信，反而挖空了心思追求她。

不得不说，比起许程陈来，这哥们儿追求别人的方式也太肉麻了。

诸如什么一走进教室就看到黑板上大写的“陆笙我爱你”，或是在街上碰到他时，他幽幽地看向街上的车说，“要是现在有车撞过来，我会果断地把你推开，你是不是就知道我对你的心了？”

这黏腻的感觉让许程陈都没闲心搭理他了。

后来陆笙想了个办法，当寝室几个人连同这哥们和许程陈一起在外吃饭的时候，她一拍桌子站起身，扭头就对许程陈说：“我喜欢你，我们在一起吧。”

03

三花小时候还没开始走现在这个霸气的路线。那时它是小小的一只，孤立无助，幸好遇到了一个傲立群雄的野猫头头，才渐渐练就了一身好本事，每次从混战中离开，都留给其他野猫一个潇洒的背影。人类称这种现象为：“近墨者黑。”

而在那天的饭局上，它深深觉得，陆笙也很适合这个词。这才多久啊，它的小姑娘就学会了许程陈的胆大和直白。

这样霸气的告白方式震得全桌人都愣了愣。

当其他人都开始起哄的时候，许程陈还有些没反应过来，直到大家都不想再当电灯泡，纷纷找理由告辞，还顺手拖走了那个一脸委屈的哥们儿，他才总算回过神来。

而陆笙一时冲动霸气了一回之后，两边脸颊已经红得不成样子了。

这是街边的大排档，三花可以舒舒服服地躺在许程陈的腿上。不过很快，为了缓解尴尬，陆笙就主动把它抱了过去，一下接着一下挠它的毛。

“真的吗？”不知过了多久，许程陈才这样开口了。

话已经说出口了，怎么还能不承认？陆笙红着脸点点头。

“不会是因为那哥们儿太烦人了吧？”

“不是！”她很快反驳了他，不让他再这样乱想下去。

她承认，那哥们儿确实有点烦人，她也快受不了了，才叫对方也听听这句话。可是她说的是自己的真心话，也是一直憋在心里，只是找不到机会说出口的话。

她喜欢他吗？当然喜欢啊。喜欢他不易察觉的温柔，喜欢他的真诚，喜欢他看着她时连眼睛里都有了星星的表情……

初恋被她看得重之又重，所以她不敢轻易许下这段关系。直到她渐渐发现初恋的意义重大，无非是因为那是一生中第一个喜欢的人，第一次明白什么叫做爱情。至于有没有那层名为“男女朋友”的关系，其实无关紧要。

而许程陈，就是她整个青春乃至这一生，第一个喜欢上的人。无论将来如何，他都是她永远的初恋。

“初恋”这个词，听起来多美好啊。最纯粹的一段感情，你喜欢我，我也喜欢你，那我为什么不把握住呢？

或许这个重要的决定更适合换一个浪漫唯美的场景，可是现在却无关紧要了。

当我喜欢上你的那一刻，你我的世界已经春暖花开。

04

陆笙和许程陈正式在一起之后，最难过的莫过于那个同系的哥们儿。不过他才难过了不超过一周，就迅速与同系另一个女孩子勾搭上了。

每次上公众课，陆笙坐在他后面，那女孩子坐在他前面。趁着那女孩子不在，他还摇头晃脑地对陆笙解释了一句，“我喜欢她，是因为喜欢她的背影。喜欢你，是喜欢你的脸。”

他大概是想通过这句话来表达自己对陆笙的赞美，可是很快被许程陈狠狠一眼瞪回去了。

而除他之外，学校里几乎人人都知道陆笙与许程陈这对著名的情侣。

许程陈从高中到大学都有名气得很，相反，陆笙自从上了大学之后，就开始被冠上许多莫名其妙的形容词。

学霸，她可以接受。大美女，就有些夸大其词了。

她至今还记得想要来采访她的媒体见到她时惊讶的表情。后来实在没办法，他们便劝她去换个发型，或是佩戴隐形眼镜。

黑长直留久了，陆笙也不知道自己换什么发型合适。但是佩戴隐形眼镜确实是个方便生活的建议。

许程陈陪她去了市里最好的那家眼镜店，可在选好了隐形眼镜之后，她就发现了一个大问题：只要一戴上就会流眼泪！

店员也检查不出这是什么原因，最后只能归咎为不习惯。

直到摘下隐形回去的路上，陆笙还一直在眼泪，红彤彤的眼眶，再加上不时吸吸鼻子，引得路人纷纷将目光投向她身边的许程陈。有的人还要低声议论一句，“现在的男生怎么就知道欺负女朋友？”

要么说许程陈傻嘛，走了一段路之后他干脆也把自己掐哭了。这回倒是没人看他了，路上的人都以为他俩遭遇了什么伤心事，连人挤人的时候，都有人给他们让个路。

这下好了，陆笙回校时被室友关心的时候，都没办法开玩笑说自己被许程陈欺负了。

她揉了揉眼睛，看着还在那擦眼泪的许程陈，突然发现这孩子也不傻啊。

05

每天上课前，陆笙俩人都会在食堂先集合。许程陈买了早餐等她，然后一起去上课。偶尔他也来蹭她的课，等到一天的课都结束了，他们再一起抱着三花在学校里散步。

天天如此，两人都觉得很习惯又舒服，身边的人看了却觉得无趣。

盛世偶尔来学校看他们一次，陪他们这样度过一天之后，就直呼无聊。

“你们这跟高中时有什么区别？”说到这儿又一拍桌子，“还不如高中呢！高中好歹还是同桌，每时每刻都在一起。”

陆笙不明白什么叫有趣，虚心地向他请教，然后很快就听他说，“总得约个会吧！”

约会，这两个词对许程陈和陆笙而言都挺陌生的。

陆笙一直觉得每天抱着三花在操场上散步时就是约会了。盛世却不赞同，“那叫遛猫！呸！不对，那叫猫遛你们。”

至于什么叫真正的约会，盛世给出了以下几个必要场合：电影院、咖啡厅、KTV、游乐场……

综合了他的意见，陆笙最后选择了一个化学教授的讲座。

那个讲座长达三个小时，许程陈一个词都听不懂，最后连脑子都有点不清醒了。陆笙一直听得兴致勃勃，中途休息的时候还捅了捅他问：“你有没有听到刚刚教授说的话？”

许程陈迷迷糊糊的还没清醒，只记得教授说了什么“锌”，就认真地点点头，“他的心是他自己的，我的心全是你的。”

报告教授！这里有人一本正经地耍流氓！

06

大一上学期有体能测试，八百米是必跑的，四分三十四秒算合格。

体育老师来测试的时候，许程陈算是他的助教，拿着秒表在旁边算时间。一连测了几个班级之后，总算到了陆笙他们班。测试还没开始，就有同学在那儿起哄：“要是不放点水，小心回家跪键盘。”

陆笙不好意思，扭头就排到队尾去了。许程陈也看似一丝不苟地安排大家开始测试。

只不过轮到陆笙这一组的时候，刚开始跑，陆笙就见自己的男朋友站到了她身边。她问他做什么，他理所当然地回答：“测时间啊。”

直到开始跑，她快他也快，她慢他也慢，手里还像模像样地捏着个秒表。

她身子弱，不能做剧烈运动，只能一点点慢慢地跑着。有同学经过时就小声劝许程陈："你少算点时间。"

可是到了最后，秒表上停留的时间还是整整四分五十八秒。不知道有多少人用难以置信的眼神看着许程陈。

陆笙却松了一口气，她最怕许程陈真的为她徇私了。

可是当最终成绩出来时，她的那栏却写了个"合格"，不用再重新跑了。最后还是体育老师带着一脸意味深长的笑对她解释说："许程陈在我这里说了整整一周，就为了说服我为你的身体状况放宽点条件。"

当然，政策上规定，陆笙这样的身体状况本来就可以放宽条件。带着一脸"我是过来人"表情的体育老师一时感慨，挥了挥手，表示陆笙差了多少秒，许程陈就去跑多少圈补上。

怪不得这几天许程陈总是风雨无阻地在操场上跑圈，那个傻子竟然一口答应了。

07

光棍节将至的时候，陆笙寝室里其他三个单身狗都一脸哀怨地看着她，"你真的要抛弃我们去约会吗？"

其实就算她们没有这样说，陆笙也没有和许程陈出门约会的打算。理由无非是外面太冷又太挤了，所以，不出门不虐狗。

可是当四个女生都窝在寝室里过节的时候，寝室长却突然提出要去宾馆开个房间玩麻将。

这个提议得到了三个人的赞同，陆笙说自己不会也没用。而寝室长的家里就是开宾馆的，轻轻松松留了个房间之后，听说陆笙不会玩，就非要她拉许程陈一起去。

许程陈是谁？C大麻将小王子！

他一来就成功凑上了一桌，只可惜今天运势实在不好，输到最后身无分文，跑到一边抱着陆笙哇哇地哭，"她们欺负人！"

寝室长把腿一跷，"嘿，这叫单身狗的诅咒。"

最后陆笙见他输得太惨，就主动要求替他上阵。她已经把麻将的规则学了一遍，又看他们玩了这么多把，经过许程陈指点了几把之后，就已经熟练地掌握了玩法。

到了第二天早上，赢了个钵满盆满的陆笙被激动的许程陈抱着在脸颊上亲了一口，然后两人欢欢喜喜去吃早饭了。

只剩下满室哀号，这还不叫虐狗？

08

每到星期一、三、五的傍晚时，他们体育系都会在操场上训练各种项目，时间是一小时。

开始之前，许程陈总会偷偷抱三花进来，跟陆笙一起在操场上散步，然后陆笙就抱着三花，看他在操场上一圈接一圈地跑。

他在同学之间算是半个教练，教练不在的时候就负责给其他人布置任务。

这一天的项目是，“负重跑。”

这项不常有，也没拿沙袋，同学纷纷问他：“重在哪儿呢？”

他直直地跑到操场旁边背起陆笙，面不改色地说：“我的在这儿，你们自己找。”

自那之后，很多人朝着陆笙打招呼都喊她，“沙袋。”

嘿，丢人都丢到整个体育系去了。

09

要说每个大学几乎都有的特色“景观”是什么？非小树林莫属。

小树林栽种了什么树不重要，规模大小也不重要，只要能适当地挡住在此约会的情侣就是合格的小树林。

像许多普通的大学情侣一样，陆笙和许程陈也在小树林里约过会，只不过大部分的时间是抱着三花帮它抓痒。

这个地方隐秘又有野草，正是猫咪撒欢的好地方。

每当三花又开始拨弄那些小草或是追着自己尾巴玩的时候，陆笙就一脸慈爱地看着它，像是在看自己家的孩子。

而她看三花的时候，许程陈永远是在专注地看着她。

小树林里还有其他情侣，除了在看着心爱的东西发呆的他俩，基本上人人都依偎在一起说着悄悄话。

三花玩累了的时候，眼神随便那么一扫，就能瞥见几对男女抱在一起，不知做些什么呢。它好奇心有点重，总是不合时宜地冲着那个方向“喵喵”地叫。

这个时候尴尬的就是陆笙和许程陈了，他俩不仅要把三花给拖回来，还得连声道歉。等到道完歉，两人的脸都红了。

不是羞愧的，是尴尬的。

嘿！三花觉得自家这俩傻子有点与众不同。来这里的人都在做同一件事，你们怎么不做啊？

它好奇地望望别人，再望望他们，许程陈抬手就把它的眼睛给捂上了，“小孩别看。”

呸！它这个年纪换算起来可跟他们是同龄！

跟许程陈回家的路上，一人一猫偶遇了另一只小母猫。为了证明一下许程陈有多没用，三花把胸脯一昂，就跑过去跟小母猫好一顿交流，最后学着小树林里那些人在小母猫嘴上轻轻碰了一下，结果遭到了小母猫更强烈的攻势。

许程陈看了个目瞪口呆，不过看了看三花那得意洋洋的小模样，瞬间又觉得有点可怜了。

如果他没记错的话，公的三花似乎没有生育能力。

再怂也比三花公公好啊！

“唉。”他叹着气摸了摸三花的毛发。

三花虽然不知道他没事叹个什么气，但是莫名地很想抽他一爪子。

10

他们这所大学封寝的时间是十点，有时候在外面吃顿饭看场电影再回小树林待一会儿，就会错过封寝的时间。

许程陈和陆笙也错过一次，不过那次是因为要抱三花去宠物医院看病。等到回来时，学校大门都关了。

最后两人把三花先送回许程陈家里。但是这大半夜的，陆笙到了门口连门都没好意思进，许程陈更不好意思留她在这里将就一晚。

两人犹豫半天，干脆决定去看午夜场的电影。

这一天不是周末，午夜场也没什么人。电影是个恐怖片，可惜拍得没什么意思。陆笙看着看着就困了，最后更是歪在许程陈的肩膀上睡着了。

许程陈不敢叫醒她，也不敢动，就那么维持着同一个动作。后来陆笙总算换了个姿势继续睡，脑袋仍是歪在他这边，他正准备给她盖上点衣服的时候，在昏暗的环境下看到的是她毫无防备的一张睡颜。

昏暗的灯光下，他把她的脸认认真真地打量一遍，最后目光落在了她的嘴唇上，心里叫嚣着说快点亲上去，可是真的小心翼翼地俯下身之后，却还是犹豫了一下，然后伸出手指在她的唇瓣上面轻轻一点，又坐直了身子。

恐怖的音效声还在整个电影院里回响，一直没有真正睡着的陆笙和许程陈的心跟着怦怦直跳。

嗯，他们几乎能听到自己的心跳声，却不是因为大屏幕上的画面。

11

三花郁闷了好几天，因为它发现陆笙和许程陈好像不打算再去小树林了。

怎么说不去就不去了呢？小树林多好啊。

为了表明自己想去小树林的心情，每次散步的时候，它都咬着许程陈的裤腿往那儿拽。

许程陈哭笑不得，“你又不是狗！”

可是表面上表现得再镇定，每次经过那片小树林的时候，他的心都在怦怦地直跳，一旁的陆笙更是连看都不敢往那边看了。

三花真不明白自家两个蠢货又怎么了，不过它想，一定是和那片小树林有关。

为了证明这一点，当再一次被陆笙抱到怀里之后，它拱了半天，总算把爪子和嘴凑到陆笙嘴边。

难得它这样亲近自己一次，陆笙受宠若惊地将嘴凑了过去。

“嘛！”轻轻一个吻。

下一秒，三花就被许程陈给抢到怀里了，他毫不犹豫地捧着它的脸吻了上去，亲得它两爪乱舞，恨不得挠他个满脸花。

都是公的！干什么呢！

经验不足如三花，似乎还不明白这在人类的世界里，叫做——间接接吻。

终于被放到地下之后，接连被两个人亲了一通的三花依旧高昂着头，不知“害羞”二字怎么写，反倒是做出这种事的那两个人都羞红了耳根。

12

大学时代，帮助别人表白的事情屡见不鲜，女生宿舍楼底下时不时就有人摆蜡烛、弹吉他。

一次，许程陈被硬拉去当苦力，摆完蜡烛之后顺手就拿起吉他拨弄了两下。他不会弹，就是瞎玩，结果被别人看到了，顺口问他：“向谁表白啊？”

他就顺口答了那个女生的名字，当然，没忘了说自己只是过来凑热闹的。

可是最后这话一传十、十传百，传到陆笙耳朵里时，就变成了，“许程陈要向中文系 XXX 表白了！”

陆笙不信，专心致志写自己的论文，不过后来也经不住劝，半推半就地来到了宿舍楼门前。那时真正要表白的那个男生已经准备就绪了，被表白的女孩子还真以为许程陈要向自己告白，也兴冲冲地走了出来，结果搞清了情况之后几人面面相觑，场面略显尴尬。

最后，许程陈以迅雷不及掩耳之势站出来大喊了一声，“陆笙我爱你！”上前拽住陆笙就跑出了人群的包围圈。

后来陆笙有点担心，“那姑娘多尴尬啊。”

“这可是原则问题！”他义正词严，“坚定立场不动摇！”

“……是。”陆笙弱弱地接受了思想教育。

不过转念一想，这走向不对啊？

13

两人第一次吵架是在大一下学期，也算不上吵，顶多是争执。起因就是许程陈那被撕破了的衣服。

他穿着那被扯了个口子的外套正想回宿舍，结果被刚刚下课的陆笙逮了个正着。

“你是不是又去打架了？”她第一次那么生气，拽着他的手不肯放他走。

高中时，许程陈那点名声虽然大多是被虚构出来的，可是能威慑住学校所有的不安分分子，也是要靠实力的。只不过高中时年幼无知，打打闹闹实属正常，现在都已经是大人了，还打什么闹什么？

这事许程陈还真没办法解释。他们体育系大部分是男生，虽说拐弯抹角的心思没那么多，可是一有冲突就难免会动起手来。当然，动完手就闹不起别的事情了，某种意义上也是个不错的解决办法。

就比如今天这事，本来只是个小事，他和对方也都是一时冲动。可是苍天作证，他们两方当事人的肢体冲突还不如拉架的人动作大。

他这衣服也是被拼命拽住他的室友扯坏的，到最后都没打起来。

对于这个解释，陆笙看了一眼那衣服的破裂程度，相信了。但是即便没伤到没碰到，这件事在她这里也是不容姑息的。

“你今年都多大了，怎么还像小孩子一样……”整整一个下午的时间，她都在苦口婆心地教育他。就算许程陈的耐心再好，听到最后也有点受不了了。

“我又不是小孩子了，知道分寸的。”许程陈总觉得她就是单纯地不相信他。又不是闹出什么大事来了，怎么偏偏说得他好像做了什么坏事一样?

“这就是坏事！”陆笙异常执著，“今天没什么事，难保以后也不会有什么事。要是碰了伤了可怎么办啊……”

许程陈真想说一声，“不至于。”

可是话未出口，就见她抿了抿唇，喃喃道“……你要是出什么事了，我该怎么办啊。”

许程陈本来想要争辩的话一下子全憋了回去，好像心上突然压了重重的土堆，但是从土中钻出的嫩芽却开了花。

14

期末时，图书馆人满为患。许程陈每天都起个大早为陆笙占座，但也因为实在是太早了，每次他都能趴在桌子上睡着。

大学时占座是个很普遍的事情，但是别人一般都是用书本或私人物品。一次，某外系女生与陆笙同时到达了许程陈的位置。那个姑娘本想抢先劝许程陈回宿舍去睡，让个位置出来。结果却见陆笙抱歉地笑笑，“这里是我的位置。”然后一指许程陈，“这就是我的私人物品。”

还闭着眼睛的许程陈忍不住弯了弯嘴角。

15

陆笙酒量不行，往往都是一瓶倒，半瓶醉。有一天寝室长过生日，她愣是喝了两瓶。

那可是两倍的威力啊。

大家都担心她会耍酒疯，却又抱着一种邪恶的心态，很想看看这样文静的一个人耍起酒疯来是什么样子。结果众人想象中手舞足蹈的场面并没有出现，陆笙只是抱着酒瓶子一直在嘟囔着要找许程陈。

偏偏那天许程陈去外地参加一个比赛，大家怕他担心也没告诉他。后来等他几天后回来了，才有人跟他提起这事。

“你都不知道，那天陆笙哭着喊着要找你，最后见不到你出现，就开始讲故事。”

“讲什么了？”许程陈突然有点担心。

“讲你高中时的事迹，说你欺负她！”对方说得像真事一样。

最后还是寝室长看不下去了，好心地说了实话，“陆笙只说你高中时很喜欢她。”

“然后呢？”

“她很庆幸自己遇见了你。”

该有多么幸运，在最美好的时光，遇到了最正确的那个人。

16

情人节那天正赶上放寒假，可是同在本市的几个同学都说要出来聚聚。陆笙推脱不过，便也跟着许程陈去赴约了。

几人说要通宵唱K，大家都没意见。

陆笙来KTV的次数用一只手就能数过来，但是她声音甜，唱歌也好听，时不时引得包厢里大家一阵欢呼。后来她唱得兴奋起来，没拿到麦的时候也站在屏幕前面，搂着蒋琳晃来晃去的。

这一唱就不知道唱到了几点，她始终与大家说笑着，几乎忘记了自己的男朋友，只在又唱完一首歌放下话筒时，才扭过头瞥了一眼身后。结果刚好触碰到许程陈的目光，两人四目相对，他笑了笑。

自进了房间开始，他就坐在沙发的角落，整个人几乎都没入了阴影之中，也没去与大家争麦，始终安安静静地看着她，嘴角一直带着笑意，像是看着什么心爱之物，有种由衷的喜悦，半分都移不开目光。

陆笙走过去坐到他身边，靠在他肩上，小声地道歉说自己不该玩得这么嗨。

可是他却摇摇头，“这样真好。”

《生活大爆炸》里面，霍华德和伯纳黛特结婚时，谢尔顿曾说过一段很经典的话："人穷尽一生追寻另一个人类共度一生的事，我一直无法理解。或许我自己太有意思，无需他人的陪伴。所以，我祝你们在对方身上得到的快乐，与我给自己的一样多。"

以前的许程陈也一直觉得自己一个人很快乐，他有数不清的事情可以做，永远也不会觉得寂寞，更是不懂情侣们待在一起时是不是真的能和独身一人时一样快乐。可是当某一天，他终于遇见了生命中必然会遇见的那个姑娘，一切都改变了。

他现在拥有的快乐，比自己给自己的更多，不仅拥有着曾经的快乐，也拥有了她的。只要抬眸看看她笑着的模样，就会由衷地觉得幸福。

17

这场 KTV 一直唱到了凌晨六点。在中途的时候，陆笙实在是太困，不知不觉就靠在许程陈怀里睡着了，直到被那一声声"猴哥……猴哥，你真了不得……"惊醒。

唱歌的是盛世，刚刚失恋的他似乎喝多了，一边唱"猴哥"一边哇哇地哭。渐渐又有几个人被他吵醒，倒也没生气，反倒兴致勃勃地拿起话筒，跟着一起嘶吼。

许程陈想去捂陆笙的耳朵已经来不及了，她刚一睁眼就看到了满屋子的群魔乱舞。

"怎么这么有精神啊。"眼见着这群人又开始喝酒飙歌，她只是睡眼蒙胧地倚在那里不想起身。

幸好这家店不能带三花来，不然依三花那烈性，准挠他们所有人一脸血。

"要不咱们走吧？"许程陈怕她觉得吵。

可是听得久了，许是被气氛感染了，陆笙也跟着"猴哥"的旋律来了精神。她睁圆了眼睛看着他们在房间里又唱又闹，渐渐也笑出了声，然后扭头看向自己男朋友，"情人节快乐。"

闹了一天了，最重要的话竟然才来得及说出口。

尽管现在这个时间早已不属于情人节的范畴内了，许程陈还是有点开心。他帮她捋了捋睡散的头发，本想回一句，“情人节快乐。”可是手在她的耳畔划过时，就忍不住向下移了移，落在她的脸颊上。

包厢里，“猴哥”的旋律始终未停。所有人都在忙着唱唱跳跳，没人留意到角落里的他们。

轻轻一个吻落在唇瓣上又迅速分开，不过是一秒钟的时间，两人却都体会到了“好像一个世纪那么漫长”的感觉。

默默无言了一瞬，盛世的那句“金箍棒啊永闪烁，扫清天下浊……猴哥啊，带我走吧”终于喊完了。

许程陈与陆笙相视一笑，他低声说：“情人节快乐！”

18

大四下学期时，很多老师都找陆笙谈保研的事情，可那时陆笙还在与家里商量着留学的事情，主动放弃了这个资格。可后来家长还是不放心她一个人孤身在国外，便放弃了这个想法，她也终于能够按照正常程序报考自己想要就读的那所大学。

C大还是外省的学校，她一直在犹豫。一开始也问过许程陈的意见，不过对方却只说了一句，“看你的心意。”

他的声音和语气都挺平淡的，不像是生气了或是在闹别扭。可是相处了这么久，陆笙就是觉得有点不对劲。

她决定找他好好谈一谈。

可是这一次，他却避而不谈了，甚至每一天都很忙，经常连人影都找不到。

刚开始，陆笙没觉得这有什么。但是日子一长，她就隐约觉得有些不对。

这算是冷战吗？

他们两人相处多年，还从未闹过这样的别扭。最后还是她主动将他堵在了宿舍楼下，“你在闹脾气？”

第一次见他这个样子，她非但没生气，反倒觉得有些稀奇。

许程陈没回答，只是约她周末回高中一趟。

仔细算算，他们真有好几年没回学校看看了。这一次回去，陆笙特意带上了三花。几年来，它一直跟着他们在城市的最南端生活着，还是第一次重回城市最北端的那个小窝。

可是这次再回去一看，高中时后面那栋居民楼早已拆了，成为学校的一部分。学校各处也有许多地方被翻修重建。

三花想要找找自己曾经蹲过的那堵墙，却怎么也找不到，最后只找到了唯一被保留下来的那棵树。它想方设法蹦了上去，但在下来时却犯了难，不时拿眼神瞄着许程陈，希望他能识相一点，把它弄下来。

许程陈正是心情不好的时候，装模作样地抬抬腿，做出要踹树的姿势，吓了它一跳。不过再小心翼翼地往下看的时候，就见那个傻子伸出胳膊等着接住它了。

这种把戏好像高中时也玩过不少次。三花觉得自己的年纪可能真的有点大了，不然怎么总是记不住这些事情，次次都以为他真的不会接住它呢？

不过就算记性再差，它也记得这间学校这个操场，还有依旧在一起的他们两个，一如当年。

当初陆笙也是坐在同一个位置问许程陈想要报考哪个大学，而现在，她又问了相似的问题，还是关于两人的将来与前程。

这一次，许程陈总算实话实说了。

“我当然担心你会去别的城市，别的国家。我暂时还不能跟着你离开，隔着那么远的距离，我怕你总有一天会忘了我，忘了这些年的一切。可是如果我又担心我这样说了，会动摇你……”

说到底，不过是害怕回忆终成往事，青春定留遗憾。可是即便如此，任谁也没有权力，更不可以去为别人的人生做主。

而我们明明懂得所有道理，却还是很难过。

陆笙一直沉默着，久到他几乎有些坐不住了，她才说“我以前说过，C 大是我的梦想。我喜欢教授的博学，喜欢那些看似古朴的教学楼，喜欢树林里的梧桐树，喜欢教室的摆设，喜欢图书馆的藏书……”

喜欢，同样生活在那里的你。

其实她从未动摇过自己的想法，只是忘了告诉他罢了。

青春年少时所梦想的一切都在那所校园和这座城市，她怎么舍得离开？

19

就在陆笙决心报考 C 大研究生的时候，许程陈也终于开始进行实习。而他实习的地点就是他们曾经的高中。

以前让全校老师和领导都伤透脑筋的问题儿童再次回到母校，而这次却是以教师的身份。哪怕是实习的，当原本那些老师们见到他时，也因为这个新同事吃了一惊。

四年一轮，现在学校里还是有像他一样的问题儿童，只不过他们却早已不知“许程陈”这个人是谁了。当他一丝不苟地帮教导主任管理年级纪律时，那些孩子们都在心中将他视为了和教导主任相同“可恶”的人物。

直到有一天，不知哪个学生先想起了这个名字，大惊小怪地喊着：“嘿，我好像听过许程陈这个名字。”

XX 高中的许程陈，当年的风云人物之一，多少人听过他那些不靠谱的传说，就有多少人知道他最终和当年的高考状元成了情侣。人人都以为他不喜欢任何循规蹈矩的事物，听说这消息时，大家一度不敢相信。

而当这些往事再次被提起时，就开始有不少胆子大的同学主动问他：“那些事到底是不是真的？你和那个学姐还在一起吗？”

许程陈特认真地告诉他们：“除了和你们学姐在一起这件事是真的，其他都是假的。”

大家不免失望，不过听说他还和陆笙在一起时，觉得很是诧异。

“不是说初恋都会有遗憾吗？听说你们当初还是同桌，在一起这儿久，真的不会腻吗？”

现在的小孩子啊，懂得太多。

许程陈把他们一个一个都赶回教室，直到后来被问得烦了，才说：“你们现在还小，不懂。”

“有什么不懂的，你敢说你不是在高中时喜欢她的？”

嘿，还别说，真说对了。

不过直到实习最后，他也没有告诉这些少年该如何做。初恋到底是怎样的，只有自己才体会得到。他的青春也并非完全没有留下遗憾，可是每当回忆起往事时，一想到那个少女的笑脸，便觉得一切不完美都已微不足道。

每个人的初恋都是不同的，但是无论苦涩还是甜蜜，都是青春里最绚丽的那抹色彩。回首往事时，无论前路如何昏暗无光，记忆中总有一颗最亮的星，足以照亮一切。

20

毕业拍照的那天，大合照之后，大家都穿着学士服在校园里合影留念。陆笙已经决心继续在C大读研究生，现在还没有和那些建筑拍照的想法。最后她只选择和许程陈牵着手走在校园的小道上。

路上碰到了许多学弟学妹，他们的脸上都洋溢着自信和少年独有的光彩。

“怎么突然觉得自己不年轻了呢？”陆笙忍不住摸摸自己的脸。

许程陈却不这么觉得，“我看你还是高中时的样子呢。”

不论这句话是真是假，陆笙都开开心心地接受了赞美。

两人漫步到操场的看台上坐下，现在正是正午，阳光懒洋洋地洒下来，正照在两人脸上。陆笙倚在他身侧，伸出手与他的握在一起。

艳阳仍旧明媚如初，你我也仍然携手相依。

今后也会如此。

后记

你是我的，比爱多一点点

如果有一天，
我们失去了所有可以通讯的工具。
你会不会，
因为想念，
跨越千山万水来看我？

你生气的时候脾气好大

那你就哄一哄我嘛

01

许程陈是在大三那年考取了教师资格证，大家原本以为他只是为了给自己多铺一条就业的路。可是等到大四时，看到他想尽办法回了高中实习，这才发现他是满腔热血只想当老师。

“哟，没想到你还有教书育人的崇高理想呢？”调侃声几乎从未断过。

许程陈也不解释，直到有一天就连陆笙都忍不住好奇地问了这个问题。

他有点不好意思，“学你。”

“这可不是我的理想。”

许程程没回答。他大概永远也不会告诉她，高中时她努力督促他学习的身影是青春记忆中最夺目的光芒。

你那么耀眼，我也想像你一样照亮这个世界。

02

陆笙偶尔会回高中探望班主任，而在等待老师下课的时候，她会去操场上逛一逛。许程陈代课的班级正对着操场，自习时他偶然将目光投向窗外，便看到了正仰着头直直望向这边的陆笙。

她对着他笑了笑，他却忽然有些害羞，飞快地扭过头去，又忍不住扭回来，也对着她笑了笑。

这天阳光正好，他笑得很好看。

03

被高中班主任委托讲一讲学习经验的那几天，陆笙一直待在自己的高中。结果午休时在教学楼里乱逛，刚好撞见一对学生在侧门后的阴影里接吻。

她只能藏到那对男女离开后才现身，结果一扭头便发现许程陈也在身后。

两人都没想到现在的学生们竟然这样大胆。陆笙有些手足无措，转身想走，结果却被眼前的人扯到了那个阴影里，在唇上轻轻亲了一下。

不远处喧闹声不断，黑暗中两人的心从未跳得这样快。

04

高三时，因为老师拿他毫无办法，许程陈成了班里有名的“背锅侠”，若是大家不小心犯了什么错误，他能揽的都爽快地揽下。

陆笙看不惯大家都将罪名往他的身上栽，一次忍不住了，愣是冲进老师办公室为他洗刷冤屈。

许程陈劝她别认真，“这是为了集体的利益。”

“那你的利益呢？”

“我的利益只有我一个在意，不重要。”

“现在是两个人了。”她解释得特别认真，“因为我们是朋友。”

时间精确到0.1秒，许程陈知道自己跟她再也回不到单纯的朋友关系了。

05

两人第一次大吵是在毕业的时候，主题是“三花到底喜欢吃哪个牌子的罐头？”

双方辩手各执一词，有理有据。

三花眼睁睁看着他们两个吵了一整天，最后吵到口干舌燥，说去许程陈家里喝口水歇一歇再吵，这一歇就到了第二天。

被托付给别人照顾的三花：“Excuseme？”

06

毕业旅行的地点是墨西哥的金塔纳罗奥州，风景优美，适宜潜水。

陆笙是典型的东方美女，在学习潜水的过程中屡次被教练和其他游客搭讪。

许程陈不怎么喜欢下水，只能站在岸边干着急。

到了晚上散步的时候，许先生一言不发地走在最前面，陆笙还以为他生气了，可是转眼就跟玫瑰花抱了个满怀。

站在花后面的许先生展现了十二万分的热情，“这位美丽的小姐，初次见面，请问你有男朋友吗？”

“没有。”陆笙笑着摇头，然后拉住了他的手，“不过现在有了。”

07

上高中时，许程陈特别不喜欢听《同桌的你》这首歌，青春经典归经典，可是听着也太悲伤了。

陆笙知道他不喜欢，所以偶尔想要听听老歌怀旧的时候，从来不放这首，直到有一天，他正在外放的手机里传出了这首歌曲：

“谁娶了多愁善感的你
谁看了你的日记
谁把你的长发盘起
谁给你做的嫁衣……”

他睡得迷迷糊糊的还在说梦话，“是我是我都是我。”

我的青春一去不复返，但是时至今日回首望去却不觉遗憾，因为向前看去的时候，年少时光那抹最夺目的光芒仍在身旁照耀着前路。

人类管被遗弃的猫叫流浪猫。老子不姓流，也不叫浪猫，老子的名字是三花。

我揍过很多猫，也被很多猫揍过。

喵呜

今天又特么没什么好菜。

然而三花总是相信，心里住着星辰大海的猫，总有一天会出猫头地。

当然，怀揣星辰大海的猫也有身负重伤的时候。

我被人类安置在了学校附近的一栋废弃楼里，并且坚实的认为，自己会被领养的原因是我的颜值。
喵
school

要乖哦~
喵！

这猫好丑
只是长得不好看而已
……

很多人都不明白，猫为什么喜欢观察人类，原因其实很简单。

放学后

生的，你让它怎么吃？
他是傻X吗？
为什么用疑问句？

发烧了

喵

什么声音？谁带了猫进来，快点说！
只好……
是我
丢出去

你最好快点给老子拿下去
坚持一下

去你妹的！
嘶~

爱是藏不住的，闭上嘴巴，
眼睛也会说出来

嘈杂喧闹的世界里，我只喜欢你

序

初时，穆玖对班上的“头号冰山”骆清宁心仪已久，每天放学都会小心翼翼地在那人身后跟上一圈。偶尔骆清宁看到了，就会冷着脸瞪她一眼。久而久之，胆小的穆玖就不敢再跟了。

直到有一天，穆玖被骆清宁堵在了小巷子里。

她下意识地捂住了自己的钱包，哆哆嗦嗦地问：“你你你……要干什么？！”

那人冷着脸，揣着口袋，脸却奇迹般地添了一抹绯红。

“送你回家。”

一

你好，我的天意

“我们来交换礼物好不好？”
“好啊。”
“恩，现在你是我的，我是你的。”

01

苏城居然还能看到星星。

三花拖着一条残腿窝在马路牙子旁，一边看星星一边叹气，很是感慨的模样。

它做风流小野猫那会儿，工业污染还没有这两年这么严重，晚上一抬头，星星亮得都晃眼。这一晃星星没了，自己也不风流了，再看一眼自己的残腿……

算了，都怪自己倒霉。

没有从陆笙那里带足干粮，前两天还被刁民打断了腿。三花浪荡了小半生，还从来没受过这么多委屈，要不是有这么多星星看着，它简直要哭了。

还好他坚强。

它的利爪和獠牙时刻戒备着，即使断了一条腿，它还是那个傲气面对万重浪的小风流！

哦不，小三花！

只是……三花又抬起头，看着星星眼泪连连，这女的怎么又找来了……

“花花花花！你怎么又跑出来了？来，姐姐抱……”

说着伸手要抱起三花，三花怒，挥手就是一爪子。

丫的，谁特么允许你喊我小名儿！

02

穆玖踉跄着后退了半步，看一眼右手背上的红道子，再瞧一眼面前警惕着的三花，摸了摸鼻子，笑了。

有性格，她喜欢。

从包里掏出手套口罩，全副武装地准备好，再看一眼三花，眼睛里怎么看怎么闪着一股子淫荡的精光。

“花花！花花！”就这么一声接一声地，喊得三花肝颤。

穆玖知道三花腿断了，打昨天从垃圾桶旁看到他的时候，穆玖就决定要带它回家，不是因为她与生俱来的该死的同情心，而是穆玖觉得，三花身上的黑白黄三色，实在是……分配得太特么平均好看了……

人活一世嘛，讲究一个缘分，穆玖单方面决定要收养三花了，冒着被三花挠破相的风险把它带回家。可这小贱猫居然在一天之内跑了三次。

穆玖就不乐意了，这才带上家伙，把三花卷吧卷吧送到了宠物医院。

腿确实是骨折了，穆玖看着三花一声不吭地被押上手术台的时候，怎么看眼睛里怎么有种万念俱灰的感觉。

表情挺生动形象。穆玖拿起手机咔嚓就是一张，而后再也不管三花，转过头喜滋滋地给远在米国的骆清宁发照片，分享一只生无可恋的花花猫的图片。

配图生动，语言形象，即便冰山如骆清宁，也理应回她个四十五度嘴角的微笑。

屏息凝神再凝神，手机安安静静，没有一点动静。

穆玖不服，又朝三花走近了一步，咔嚓，再一张。

这色泽均匀的毛发，乖巧的尾巴，变幻莫测的表情，你难道不心动？

骆清宁大约是忙，也兴许懒得陪她玩这种无聊的游戏，直到三花下了手术台，穆玖的手机仍旧没有半点声响。穆玖理解他，“研究僧”嘛，更何况还远在国外，听说国外的导师多变态来着，这会儿骆清宁不定研究什么变态课题呢。

小心翼翼地从医生手里接过三花，抱在怀里的时候软软的。穆玖咧嘴朝大夫嘿嘿一笑。

“大夫，您给我们姐俩照张相呗。”

给骆清宁发过照片后，那人不足半分钟就打来了视频电话。

穆玖清了清喉咙，看着视频里骆清宁还在低着头翻着什么书，头也不抬，认真的模样要多装有多装。

“你是不是也觉得我的花花可爱，要来跟它说两句话？”

骆清宁顿了顿，放下书，直视穆玖。

穆玖心里直打鼓，神呀，虽然这么说实在显得不要脸，可男朋友真特么丧心病狂得好看。

“穆小姐我很忙的，没空看只有猫的照片，还有，你的爪子被抓伤了，快去打针……”

穆玖低头，看了看手背上的红道子，大剌剌地朝骆清远挥手，“没事啦，这点抓伤……”

说不下去了，骆清宁眼睛大，一直这么冷冰冰地瞪着她还挺可怕，于是讪讪地道，“我去，我麻溜果断地去。”

“还有，”骆清宁不紧不慢地喝了口水，又看她，“你把你家花花抱得实在是紧，压着它隐形的翅膀了。”

03

三花决定暂时待在穆玖这里不走了。

不是因为穆玖带它去医院治好它的残腿，也不是带它回家喂水喂饭，更不是给它穿那些傻透顶的公主裙。

没别的，因为穆玖这里安静，没什么人来，最重要的，穆玖除了对它好之外，好像也没有什么收养别的宠物的意愿。

三花性子傲，作为一只有尿性的猫，也有自己的一套生存法则，对什么人行什么礼，喜欢宠物撒娇的它就撒撒娇，喜欢看它摇尾巴的，它就摇摇尾巴。这当然不是妥协，只是它的生存技能罢了。

可是穆玖不一样。

三花觉得穆玖是欠虐，说得洋气点儿，它觉得穆玖就是个抖 M。

它越是脾气大，穆玖就越没脾气，三花抓住了这一点，在穆玖这里，硬生生地变成了山大王。

偶尔对穆玖好一点，朝她摇一摇尾巴，顺便穿一穿她买的衣服，穆玖就一副感激涕零，格外欢喜的模样。

好像这世界就是这样。

你再善良，平日里待人对物恨不得掏出心窝子，哪天稍微做错了一点事，旁人记住的，便只有你的不好；可是你若嚣张跋扈些，某天稍微对人好一点，别人就会放大你的好。

当然，保不齐还有一些蠢蛋会爱上你。

三花走的就是这条路线。

它本来就是王来着，即便没有穆玖，对他俯首称臣的人类也多的是。说白了，虽然名义上这里是穆玖的家，可说到底，这里也是它的天下。

它的天下，呵呵，大得它都怕。

只是……如果这天下里有懂它的谋士就圆满了……

谁能告诉它，穆玖的手机里，到底养了个啥？

04

穆玖觉得三花越来越放肆了，看她的时候眼神冷飕飕的，心情好了出来遛达几圈，走路的时候脖子挺得可直；心情不好，一爪子能挠死你。这么说吧，脾气大得给它搁俩窜天猴就能起飞了。

可老实说，穆玖还挺喜欢三花这性格的，她觉得有朝一日自己能把三花感化了，真但这真是一项极大的挑战，于是更加努力地对待它。

偶尔跟骆清宁汇报工作的时候，那人就会冷冰冰地打击她，说除非猪会上树，否则我才不信你会感化野猫。

穆玖没反驳骆清远的话，反而乐此不疲地给骆清宁发三花穿新衣服的照片。若是照片上仅有三花，骆清宁决然是不回的，所以偶尔穆玖会发一两张自己的自拍。骆清宁惜字如金，往往只用一字作为最后总结。

丑。

有这么埋汰自个儿女朋友的吗？

穆玖撇撇嘴，拨个视频过去朝那人笑得天下太平，咧着嘴角声音温柔得都能掐出水。

你那边天气冷了，注意保暖。

吃东西要营养均衡，不要为了做那些研究就废寝忘食的，对身体不好。

没事回国看看，毕竟我们也在为建设一个富强民主文明和谐的社会主义现代化国家而奋斗……

原本以为那人会不耐烦地关掉视频，谁知骆清宁听着听着突然弯着嘴角，笑了。

穆玖觉得自己顶没出息，骆清宁一笑她就想哭，真的，太好看了。

“想我了？”

“哈？”

穆玖不是没听清，这话被惜字如金的冰山男说出来冲击太大，她得缓缓。

“你最近……”穆玖琢磨着措辞，“心情不好？”

骆清宁皱了皱眉，没说话。

“还是……”再试探一下，“生病了？”

满脸黑线，骆清宁干脆放下手中的书本，绷着脸看穆玖。

“穆小姐，你在跟一只野猫培养感情的同时，难道就不能思念一下远在万里之外的男朋友？”

三花不知道什么时候蹿到穆玖跟前，朝视频里的骆清宁挑衅似的伸了伸爪子。骆清宁一生气关了视频，留下穆玖一个人坐在沙发上吃吃地笑。

笑够了后，她打开手机给三花显摆自己的锁屏。

“这我男朋友，帅吧？你要是早来两年就能见到他了。”叹气，“他去纽约读研，一晃都两年了……”絮絮叨叨地，好像终于找到了一个出口来抒发自己的感情似的。

我想你啊，在你看不到也听不到的时候。

05

三花终于明白养在穆玖手机里的另一只宠物是她的亲亲男朋友。

穆玖同他絮叨地讲话的时候，三花斜着眼睛一直怜悯地看着她，末了又闭上眼睛，干脆不听了。

这世上哪有这样养宠物的？

连面都见不到，又摸不到对方的毛发，没办法给对方挠痒。天底下的宠物那么多，为什么不换个可以抱在怀里的宠物来养？

在沙发上眯够了，三花睁开眼睛，看到穆玖还沉浸在同她另一只宠物的美好回忆里。本着对另一只宠物的好奇，它开始在房间里寻找另一只宠物遗留的痕迹来。

它跳上茶几，上面的摆台是穆玖和她的宠物男朋友的照片；再跳到餐桌，上面的水杯一黑一白，黑色杯身上的图片像极了穆玖的男朋友；再蹦到书架上，没站稳，身子一晃，脚一蹬，险些把穆玖的大学通知书蹬到地上的垃圾桶里。

穆玖闻声跑来，看到三花正踩在骆清宁的通知书上，头一次对它发了脾气。

“呀花花！你给我下来！谁让你乱跑乱跳的！”

骆清宁大约是她的底线了。也别说，穆玖发起脾气来还挺可怕，三花惴惴地站在骆清宁的录取通知书上，不动也不叫，眼神很是惶恐。这个时候，它反倒忘了，自己才是这里的王来着。

穆玖几步跑过来，把三花推到一边，把通知书拿出来吹了吹。看了看没脏也没坏，抓了抓头发，瞥见三花缩在一边，又有些不好意思。

得，破戒了。

穆玖打小就有个信仰，凡是自己喜欢的东西，不管是人是物都抱着一种格外崇敬的心态看待。别说发脾气了，连句重话也是能不说就不说。这会儿看着三花瑟缩的模样，心里别提多后悔了。

也虽然……三花害怕的模样多半是伪装出来的。

低头看了看通知书上的名字，“骆清宁”三个字像是有让人安心的魔力。

昔之得一者，天得一以清，地得一以宁。

清明宁静，骆清宁，就是这样的人。

06

穆玖跟骆清宁是高中同学，初时，两人一文一理，看似没有任何交集的可能。可天有不测风云，遵照父母的旨意选择了理科的穆玖，委实不是一个学习数理化的好手，于是在距离高考三百天的时候，托关系找路子转到了文科班。

可巧，转到了学校里顶有名气的骆清宁所在的班级。

班级里没有空位，班主任站在讲台上指点江山，说："穆玖，你搬张桌子坐在骆清宁后面。"

骆清宁没同桌，穆玖从教室后门搬了把椅子走进来，看一眼座位说"老师您甭麻烦了，我就坐在这位同学这……"

话没说完，骆清宁闻声转身，瞪了她一眼。

穆玖愣了愣，抓了抓头发，斜着眼看骆清宁的后脑勺，讪讪，"老师，桌子在哪里搬？"

事后，穆玖怎么也想不明白，为什么骆清宁那么不喜欢别人跟他同桌，于是暗戳戳地问了班长。班长一说起骆清宁，眉头皱得老高，说装叉呗。

穆玖就点头，觉得班长真是一语惊醒梦中人。

上历史课的时候，没有教材的穆玖急得抓耳挠腮。历史老师拿着座位表喊人回答问题，大约是穆玖的名字太显眼特别，老师推了推眼镜，连喊了三声"穆玖"。

她就这么尴尬地站着，也忘了解释自己的窘态，问题大约很简单，因为周遭的同学都在哗啦哗啦地翻书。

历史老师没骂她，就让她这么站着。穆玖觉得自己真羞耻，低着头，脸红得像个快要烂掉的西红柿。

下一秒，坐在自己面前的骆清宁忽地扔给她一本书，又抬头声音不高不低地说："老师，她是今天从理科班转来的。"说完又不忘偏过头瞟了她一眼，低低地说了声，"麻烦。"

很长一段时间，穆玖都对“麻烦”这个词语耿耿于怀。骆清宁成为她男朋友之后，她第一件事就是劈头质问：“我有那么麻烦吗？”

那人接过穆玖手中的包，白她一眼说：“上课不带教材，提问了不会也不解释，你可不就又蠢又麻烦吗？”

穆玖生气，甩开袖子匆匆地走两步，负气地转身，“那你去找不蠢不麻烦的去吧！”

本以为骆清宁会追上来道歉，可那人就站在原地揣着口袋，一副云淡风轻的模样说：“比起我来，你可惨多了。”

穆玖问，“为啥？”

那人就笑，眉眼弯弯的样子很好看。

“被一个更麻烦的人喜欢上了啊。”

07

老实说骆清宁一点也不麻烦，他是个顶潇洒的人。

成绩好，长得帅，运动能力强，还代表学校参加国家的数学竞赛，拿了个第一名回来。

在穆玖的印象里，好像没有骆清宁不会做的事。

直到某一天，骆清宁当着穆玖的面懊恼地摔了自己的数学试卷。

“太难了，不要做了。”某冰山男冷着脸对讲解了一个钟头仍然一头雾水的穆玖说道。

08

穆玖这人自来熟，性格又特哏，骆清宁帮她解围之后，她就单方面把骆清宁当成了朋友。

还别说，穆玖自打跟骆清宁成了朋友后，走到哪儿都觉得自己特有面子。

骆清宁不大好接近，新班级的同学都对骆清宁敬而远之，只有穆玖会大大咧咧地拿笔戳那人的背，见面的第一天大剌剌地伸手，说：“我们做朋友吧。”

骆清宁就瞪她一眼。

老师们爱提问，也爱喊骆清宁的名字，大约是觉得他名字好听，但更大的原因，是因为骆清宁能回答出所有老师的提问。这一点，使得老师们很有成就感。

久而久之，在穆玖的潜意识里，每每老师提问的时候，都会下意识地盯着面前骆清宁的后脑勺，直到某天数学老师提问穆玖。

“穆玖，这道题你会吗？”

穆玖正盯着骆清宁的后脑勺发呆，听到老师的话头也不抬。

“骆清宁会！”

班上炸开了锅，数学老师也忍俊不禁，看看穆玖又看看骆清宁，说：“那好，你们一起上来做这道题。”

穆玖红着脸站起来，看一眼骆清宁，那人果不其然，又瞪了她一眼。

走到讲台上，两人一左一右。穆玖拿起粉笔，咬着嘴唇想了半天只写出了一个“解”字。再看一眼旁边的骆清宁，洋洋洒洒地写了大半篇，画了三条辅助线，用了三种解法。这样好像还没做够，又往穆玖这边挪了挪，提起粉笔给穆玖的几何图形加了条辅助线。

“笨死了。”声音仍旧很低。穆玖脸一红，心跳得很快。

放下粉笔要下去的时候，骆清宁又突然转头，朝数学老师说：“老师，她刚刚转来……”

数学老师揉眉心，说：“穆玖已经转来不下两个月了，还有，她以前在理科班，也要学数学，你居然还帮她加辅助线……”

“可是老师，”骆大少爷梗着脖子劲儿劲儿的，“我得帮她。”

前前后后构不成转折，可老师还有一众同学还是被骆清宁的一脸正气唬蒙了。穆玖清醒，想问讲台上的他凭什么会说出“我得帮她”这四个字，终究还是不敢。

只是，耿耿于怀，也念念不忘。

09

喂，骆清宁，为什么要说那一句“我得帮她”啊？

怕她哭吧，那么敏感的人。

10

说起穆玖敏感这事，提起来还真有点不好意思。

别看穆玖表面上大大咧咧，没心没肺，但其实性子可怂了。同学间开玩笑倒没什么，只要老师一句话说得重，穆玖就格外受不了。

有一次穆玖又没回答出历史老师要求即兴背诵的内容，老师大约也是对穆玖恨铁不成钢，不轻不重地说了几句。穆玖当时心里就受不住了，低着头眼泪一圈一圈地在眼眶里转。好不容易挨到下课，她正想跑去厕所哭个昏天黑地的时候，骆清宁好巧不巧地挡在她身前。穆玖的两颗门牙当时就撞骆清宁的肩膀上了。

当是时，穆玖的门牙被撞得很疼，眼泪也哗啦哗啦落了一地。

同学们都跑来安慰她，就连返回来拿教案的历史老师都板着脸让骆清宁道歉。穆玖泪眼婆娑，看着骆清宁小声重复：“你刚刚撞得我的牙，真的，可疼了。”

骆清宁耸了耸肩，回身从桌上扯过两张纸巾递过去。

“哭出来就好了，傻瓜。”

即便再敏感也自以为可以隐藏得天衣无缝，这样的穆玖，怎么就被骆清宁看穿了？

怎么又被他记下了，还那么清楚？

11

穆玖有一阵子很苦恼，因为骆清宁不大喜欢搭理她。

老实说穆玖长得不算差，性格也挺招人喜欢，为了跟眼前的移动冰山接近，每天也嬉皮笑脸地放下自尊了。可骆清宁像跟她有仇似的，在外面遇见就瞪她一眼，直接把她当空气忽略了。

骆清宁瞪人的时候冷飕飕的，没多久，穆玖就被骆清宁瞪感冒了。

穆玖没好意思因为这点儿小病请假，坐在骆清宁后面一边咳嗽一边吸鼻涕，晕晕乎乎地撑了两节课。

那两节课的时间，穆玖清清楚楚地记得骆清宁回头瞪了她不下八次。穆玖几乎快哭了，想着自己是不是吵着面前这座冰山了，想说些什么，可吸了吸鼻涕，却什么都说不出来。下一秒，面前的骆清宁忽地站起来，头也不回地从教室后门出去了。

穆玖的心一下子凉了半截，摸了摸胸口，也不知道为什么，觉得难受极了。

大课间结束的前一分钟，骆清宁冷着一张脸推门进来，走到穆玖旁边的时候，伸手扔给她两盒药。

“吵死了。”仍旧是不轻不重的语气。

穆玖不是个软柿子，也兴许是当时火气正旺，站起来抓起手边的药就扔到骆清宁背上。

她也没说话，脸上的表情是格外委屈的模样。骆清宁正趴在桌上写着什么，觉察到穆玖朝他发火，皱着眉转头。穆玖的眼泪一下子掉下来了。

“骆清宁你是不是人啊？就算你再讨厌我，也没必要这样吧……”

上课铃声响了，穆玖不嚷嚷了，抹了抹眼泪，余光瞥到骆清宁桌子上的纸条，脸色又难看起来。

骆清宁刚刚是在给她写请假条，顺便，也给他自己写了一张。

穆玖虽然没想明白，但却因为自己刚刚无缘无故地扔了骆清宁的感冒药，而格外后悔起来。

自习课没有老师过来，骆清宁蹲下把穆玖扔掉的感冒药捡起来，又把请假条揣在口袋里，转身看着穆玖。

“走吧，去医务室。”这次的声音明显轻了轻。

穆玖在医务室躺着打吊瓶的时候，骆清宁就坐在一边看书。穆玖不好意思，说：“你回去上课吧，我自己一个人就行。”

骆清宁看了她一眼，说："教室里太吵了，还是这里安静。"

虽然明知道骆清宁说的是假话，可穆玖还是觉得很开心。她闭着眼睛睡了一觉，睁开眼睛后，看到骆清宁坐在她床边，眼睛一眨不眨地看着她。穆玖怔忪了好半天，那人也没有移开视线，倒是穆玖有些脸红，别扭地移开视线。

骆清宁嘴角抽了抽，从口袋里掏出一包纸巾扔过去。

"口水。"

穆玖淡定地拿起纸巾擦了擦嘴角，看着骆清宁又是一脸严肃。

"我们，算是朋友了吧。"

陈述句，表示肯定。

骆清宁摇摇头，又点点头，看着穆玖疑惑的表情，笑了。

"早就是了，傻瓜。"

12

班上的同学很少有跟骆清宁关系好的，这哥们儿太高冷，说话的时候劲儿劲儿的，顶不讨人喜欢。

学校篮球队里有个跟他关系铁的哥们儿叫宋毅，是跟骆清宁完全相反的性格，开朗外向，当然，招蜂引蝶，整个人痞帅痞帅的。一众飞蛾扑火扑到骆清宁身上未果的，又转而飞向了宋毅那里。宋毅经常会来班上找骆清宁，穆玖跟骆清宁也算得上朋友，一来二去地，就跟宋毅熟悉了。

原本穆玖的性格就跟宋毅像，两句话就聊到了一起。两个人站在一旁扯皮，完全忽视了骆清宁的存在。

骆清宁全程黑着脸，预备铃一响就往外轰宋毅。宋毅笑得奸诈，也不知道什么时候在纸条上写下了自己的电话号码和球球号，塞在穆玖手里，又拍拍她的肩膀，转身就跑。

"再聊啊哥们。"

穆玖看着骆清宁呵呵呵地笑，不明白是谁惹了大神生气，小心翼翼地坐下说："你哥们儿嘿，真有意思嘿嘿嘿。"

骆清宁哼了哼，转过身趴在桌子上闹别扭，半晌见穆玖没有什么实质性的表示，更别扭了。

放学后骆清宁朝穆玖伸手，"我忘了宋毅的电话了，我看看他给你写的电话。"语气生硬，表情不悦。

穆玖连连答应，手一哆嗦，碰倒了手边的水杯，同时浸湿了桌上写有号码的纸条。

穆玖一时间怔住没反应过来，倒是骆清宁看到，突然站起来，格外夸张地嚷嚷，说："你怎么那么不小心啊？我看看，哎呀都湿了，看不清了……"

于是在穆玖目瞪口呆时，骆清宁把纸条揉了揉，再揉了揉，扔到垃圾桶，转过身来一副痛心疾首的模样责怪穆玖："你也太不小心了！算了，我自己跟他要电话吧……"

穆玖：" Excuseme ? "

13

穆玖特别喜欢super junior，而她还是个长情的人，一说喜欢就是很多年。

新班级发班服，是那种黑白红相间的，后面是半截白色和半截黑色。因为super junior的应援色是蓝色，穆玖顶不满校服上没有蓝色，自己买了蓝色荧光笔，在校服背后画了无数只蓝色气球，还写了个"elf"的粉丝名称。班长还给穆玖起了个顶好听的名字，叫"小残"，脑残粉的"残"。

学校周一升旗时被强制穿校服或者班服，穆玖他们班站队按照座位站，穆玖和骆清宁因为都没有同桌，就无可避免地站在了一起。

学生会下来检查仪表的时候，穆玖才想起自己身后的图案来，拽了拽身边的骆清宁，小声问他："我画的这些应该不会查吧？"

骆清宁看了一眼正在理科班检查的学生会，又看一眼穆玖，哼了哼，

“想得美。”

“那查出来会怎么样啊？”

“挨骂。”

“那……”穆玖急得要哭了，“我当时画的时候你怎么不告诉我啊？”

骆清宁瞪了穆玖一眼，“你出生的时候也没给我交保护费啊。”

“……”

后来，学生会过来的时候，骆清宁也不知道跟他们其中一个男生说了什么，那些人看看穆玖又看看骆清宁，居然没在记录里写穆玖的名字。

事后穆玖再一问骆清宁，呵，哥们儿就是学生会的嘿。

14

跟骆清宁熟悉之后，穆玖就发现了这哥们儿唯一的特点。

冷。

不爱说话，并且软硬不吃。

穆玖这人爱热闹，上课不说话，认真听讲、记笔记、写作业也就算了，这下课再不说两句话多没劲啊。穆玖又没同桌，左边是教室后门，右边跟另一桌隔着一条过道，基本上能指望着说上话的，就只剩骆清宁了。

可骆清宁不主动转身，穆玖也不好意思总是拿笔戳他，毕竟她也没什么正当的理由，总是问问题的话，难免会让骆清宁生出“她很笨”的错觉。

就这样过了一段时间，穆玖都快憋出抑郁症来了，也没有想到一个搭讪的好方法。

百无聊赖的穆玖趴在桌子上思考人生，直到她眼睛一扫，扫到了骆清宁桌子上的星座书。

呵呵呵。

皇天不负有心人，踏破铁鞋无觅处，无心插柳柳成荫嘿。

原来骆清宁有这种癖好，看不出来他还挺闷骚的嘛。

穆玖戳了戳骆清宁的背。

骆清宁转身，问她，“干吗？”

“你信星座吗？”

骆清宁冷冷地扫了她一眼，“有事说事。”

“就是聊聊兴趣嘛。”穆玖干脆搬着椅子坐在骆清宁旁边，“我记得之前听宋毅说过，你是狮子座。你猜我是什么星座？你说多巧嘿，我是射手，嘿嘿嘿，书上说狮子和射手特别配。我们这真是难得的缘分，呵呵呵……”

骆清宁似乎来了兴趣，瞥了穆玖一眼，问她：“什么缘分？”

“我们啊，”穆玖指了指自己的脸，又指了指骆清宁桌子上的星座书，“我们都喜欢研究星座不是吗？”

骆清宁挑了挑眉，看了看穆玖，点点头，“那倒也是。”

于是穆玖那天因着“星座”这个主题，当了骆清宁多半天的同桌。这多半天，平均穆玖每说十五句话，骆清宁就会回一句。这个状态很好，穆玖很开心。

直到放学的时候，宋毅匆匆地跑来他们教室找骆清宁，一进门就嚷嚷。

“我的星座书是不是落你这了？”

穆玖：“……”

所以说这多半天是骆清宁在配合她演啊。

15

有一次穆玖弄丢了骆清宁一本写得格外认真的英语笔记，骆清宁气得三天没理穆玖。

穆玖自知理亏，借了同学的笔记抄了一晚上，第二天战战兢兢地把自己的笔记拿给他，说：“这是我的笔记，你将就看……”

骆清宁没瞪她，脸偏到一旁继续跟她闹别扭，胳膊肘上压着一张没做完的试卷。

穆玖讪讪地看了一眼，回到座位上把自己写得满满当当的卷子拿出来，走到骆清宁面前，指着最后一道大题问他：“骆清宁同学，不好意思，你知道这道题怎么做吗？”

骆清宁快烦死她了，抽出自己胳膊肘下的试卷扔给她。

“不会，我也没做！”

“那太好了！”穆玖忽然就高兴起来，从后面拉过椅子坐在骆清宁旁边，“我正好会做这道题，我给你讲讲吧。”

“……”

骆清宁没说话，穆玖就絮絮叨叨的，拿着笔在草稿纸上，写一个公式就看骆清宁一眼，顺便再问一句“对不对”，一脸认真的模样，不知道有多好笑。

原本绷着脸生气的骆清宁也不知道是被穆玖的哪句话戳中了笑点，弯着嘴角忽而笑了。

穆玖揉了揉眼睛，看着骆清宁的嘴角仍是上扬的样子，忍不住呆了呆。

“你不生气了？”

骆清宁又绷起脸，把穆玖手中的笔抽过去敲了她的头一下。

“不要投机取巧，这道题用简便算法老师不会给你打满分的，要自己推导。”

骆清宁不喜欢用简便算法，即便是固有的公式和定理也喜欢自己推导，一如感情。

说不出来对穆玖的感觉是从什么时候改变的，只是当他发现的时候，便打定了主意，往后自己走向穆玖的每一步，都是耐心郑重、细心规划好的每一步。他要预计好未来可能会出现的万千可能，等到时机合适的时候，再认认真真地站在那个人面前，跟她说那句埋藏许久的话。

你好，我的天意。

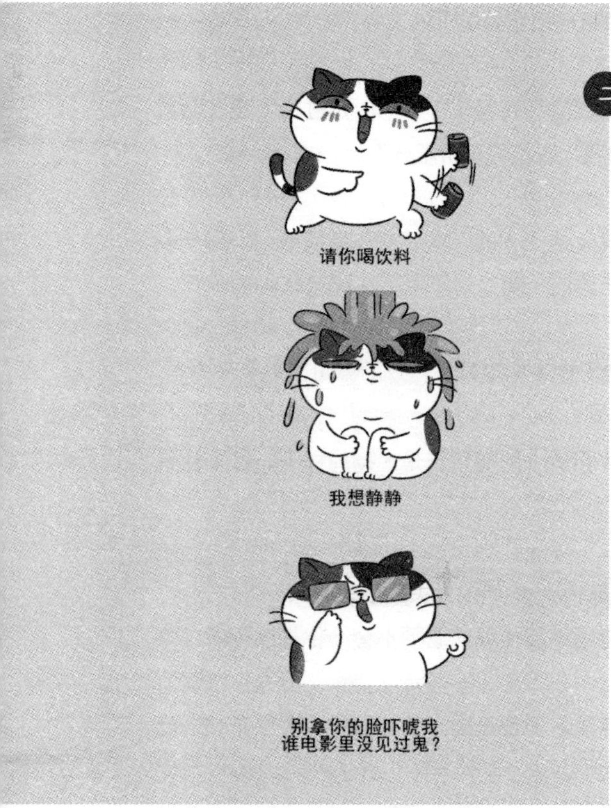

二 那些你不知道的事

我想你啊，
在你看不到
也听不到的时候。

01

穆玖给三花搭了个温馨的猫窝。三花顶不喜欢那些花花绿绿的小床单，趁着穆玖不注意，又遛达到沙发上去了。

它的腿还没好利索，穆玖告诉它说伤筋动骨一百天，这是善言，它得听。

只是……

她凭什么老给它穿一身蕾丝！

凭什么一定要把它 cosplay 成村口一枝花！

它可是王啊王！

它也没有异装癖好吗？！

只是……

抗议无效，穆玖根本理解不了。

三花抗议的时候，穆玖就趴在电脑前翻译论文。学校里这一周没多少事，穆玖在外面接了个兼职，说不定等骆清宁从米国回来，她就能走上人生巅峰了。

白日梦还没做够，骆清宁就发来了视频。穆玖把三花抱在怀里，看着另一端骆清宁坐在电脑前学习的模样，不知道怎么还有点心虚。

“为什么每次视频你都在学习啊？这让我压力很大啊。”

同是研究生，就算中美两国研究的深度再不一样，他骆清宁也没必要装得这么废寝忘食吧？

“没有，”骆清宁摘了眼镜揉了揉眉心，“这些日子课程紧，有些忙。”

“你眼睛近视了？”穆玖一惊，“你以前视力可都是二点零啊……”

骆清宁白了她一眼，“是防辐射的，我不是也给你买了一副吗……”

“哦，”穆玖撇了撇嘴，又把腿上的三花抱起来，对着摄像头，“花花，快看你爹来了，来，亲一个。”说着就往屏幕上蹭。

三花看着对面骆清宁那张冰山脸，简直千百个不愿意，爪子一甩，穆玖的手机就掉地上了。

“花花！”穆玖又急了，“你爹都没了！”

小心翼翼地捡起手机，瞧见摄像头那端的骆清宁被逗得直乐，“我还在呢，花花快看你娘有没有变成蝴蝶飞走了……”

“……”

说了还不到三分钟，骆清宁的手机就响了。

穆玖心里可不爽。可当骆清宁把手机拿起来的时候，穆玖看到了那人手机上的壁纸仍然是很久之前自己的照片时，又特甜蜜。

02

穆玖第一次看到骆清宁把手机壁纸换成自己照片的时候，一面得意一面还要客气地装不好意思。

“内什么……你手机壁纸是我啊。”

“啊，”骆清宁一副理所当然的样子，“不然呢？”

穆玖仍是一副喜滋滋的表情，抓了抓后脑勺，“我长得又没有那么好看，还是换了吧……”

骆清宁变脸也快，听完穆玖的话忽然拉下脸生气地看着她。

“你什么意思？是在羞辱我眼光差是吧？！”

“……”

这特么不是抬杠吗？

03

没过几天就是骆清宁的生日了，穆玖蹲在猫窝前发了好几个小时的愁，都没想出要怎么给骆清宁过这个生日。

去年生日骆清宁特意回了一趟国，又跟学校那边请了几天假，两个人才草草地过了个生日。现在是毕业季，大家都在忙着准备论文，骆清宁那边更是忙得炸锅，这段时间他不能回国，穆玖也不能出国去看他。

异地恋，哦不，异国恋就是这样，想见不能见，想说的话要斟酌着说，感受不到对方的体温，体会不到彼此的心境。

扯得有点远了，眼下最重要的，还是怎么给骆清宁过个窝心的生日。

穆玖给宋毅打电话，那哥们儿聪明，家里又有钱，大学毕业后自己开了个开发游戏软件的公司，现在风头正盛，活得潇洒风流。

约好了见面的时间地点，穆玖收拾了一下，还特意化了个淡妆，准备妥当后抱着三花就出门了。

刚走到小区门口就有人朝她按喇叭，宋毅的头从车窗里探出来招呼她：“玖儿，上车。”

不要误会，穆玖和宋毅的关系是真的铁。

颠颠地抱着三花上了车。开门的时候宋毅扫了三花一眼，炸了毛似的嗷嗷地叫，一面叫一面开门下车，扯着嗓子朝车上的穆玖嚷嚷：“你人来就来了，干吗还带个炸弹上来？”

穆玖低头看了三花一眼，有些好奇，“你怕猫啊？”

宋毅扯着车窗死也不上车，扒着车门对穆玖吼：“快抱着你的猫下去！否则不是它死就是我亡！”

三花瞪了宋毅一眼，无知屁民。

没辙，穆玖抱着三花下了车，吓得宋毅又跳出半米远，“你不要放它下来！”

毕竟有求于人，穆玖一面叹气，一面说着“好好好”。刚巧附近有个宠物看守所，穆玖就把三花放在那里待个半天。临走的时候穆玖看到三花还是顶不服气地瞪着宋毅。

“你说你养只猫干吗？幽灵一样，看一眼半个月都睡不好觉。”宋毅开着车唠唠叨叨，“还好清宁出国了，不然你以为你的猫会留全尸……”

穆玖没好好听，原本想带三花出来遛遛，没想到遇见一个怕猫怕成傻子的人，顿了顿问宋毅：“这不骆清宁生日了嘛，你说我们要怎么给他过这个生日啊……”

“别‘我们我们’的，是你自己。”宋毅没好气地打断穆玖的话，“你把猫送走就是给他最大的礼物了。”

“什么鬼！”穆玖白他一眼，“你以为骆清宁跟你一样毛病多啊？他喜欢花花喜欢得紧，每次视频，我隔着屏幕都能感受他满满当当的爱……”

宋毅来了个急刹车。

“别搞笑了好吧？内哥们比我还厉害，不是说他怕猫怕狗，是他对这些动物的毛过敏，看到这些毛茸茸的东西，他就瘆得慌。”

穆玖不说话了，想到每次视频都抱着三花去蹭骆清宁的脸，虽然是隔着屏幕，也虽然，他并没有露出哪怕半点嫌弃的神情。

上大学的时候，她养过兔子，养过猫，养过狗，跟骆清宁吃饭的时候也拖家带口的。印象里，骆清宁好像是反对过一次，还是戏谑着说，为什么两个人约会要带着儿女。她只觉得他是在开玩笑……

现在看来，难怪以前即便是大夏天也会看到他穿着长袖衬衫，还有偶尔，真的是偶尔，他胳膊上有红红的斑点，他还说是晒的……

吃饭的时候，穆玖把这些告诉宋毅。那人颤颤巍巍，憋了半晌，才伸出大拇指说了一句话：“哥们儿对你是真爱。”

04

穆玖把三花的猫窝又挪远了些，以确保自己再跟骆清宁视频的时候，那人的视线不会扫到它，并且严禁三花在她和自己亲亲男朋友讲话的时候发出半点声音。

一开始穆玖要求三花这么做的时候，三花其实是拒绝的。怎么说呢，作为一只自由至上的王，怎么能让一个抖 M 就轻易地把自己的脚步限制住了？于是三花采取了人类社会所有委屈女人的惯用伎俩，一哭二闹三上吊，不管哪一招，于穆玖来说，怕是招招好使。只是三花忘了，穆玖是心软，可什么事到了骆清宁那里，都成了例外。

两个字总结三花的小把戏，多余。

三花算是看明白了，作为一只有原则的野猫也不闹腾了，不理丫不就行了嘛，谁稀罕呢。

骆清宁过生日那天，穆玖听了宋毅的主意，把以往的那些好朋友挨个儿叫了个遍，一堆人挤在电脑前面，等着穆玖发视频给骆清宁唱生日快乐歌。穆玖那天打扮得格外用心，想着这么多人在，总不能给她那个如花似玉的男朋友掉面子才行。

谁承想给骆清宁拨过视频之后，那人半天没回应。穆玖有些不好意思，朝着一众捧场的朋友嘿嘿嘿地傻乐，说各位再等等嘿，我男朋友应该在忙，等一下会给我拨过来的，你们该吃吃，该喝喝，甭客气……

宋毅敲穆玖脑门，“你四不四 sa（傻）？给内小子打电话，让他开电脑不就完了嘛。”

穆玖一拍大腿，有道理，刚拿出手机，又发愁，“国际长途哎，很贵的……”

“出息吧，”宋毅白了穆玖一眼，“哥们儿给你报销。”

“好咧。”

说是这么说，穆玖其实远没到让宋毅给报销电话费的程度，只是骆清宁没有接她视频，她觉得心里空落落的，生怕这个电话拨出去，那人还是接不了。

这么多人在，也说不上是面子问题，所有的想法一旦上升到“喜欢”和“爱”的高度，这里面道儿就多了。穆玖脸皮厚，不怕冷场，怕的是爱会因为距离变质。

就这么一边琢磨一边给骆清宁拨过去电话，拨了三遍，都只听到漫长的“嘟嘟”声。穆玖没什么，倒是宋毅有些尴尬，走到穆玖跟前小心翼翼地问她。

“你男朋友……是不是把你甩了？”

“滚！”

虽然明知道宋毅是开玩笑，可穆玖心里还是酸得慌。

来的人都看到穆玖打电话没人接，脸上都有尴尬，待了个把小时，看到骆清宁确实没有回电的迹象就都散了。穆玖也没硬拦，临了还给那些人道歉，说实在不好意思，我男朋友这阵子太忙了。

真的是太忙了，到了晚上穆玖才在朋友圈别人发的状态里发现骆清宁的踪迹。那人大约是在参加什么比赛，照片里骆清宁和一位异国美女站在一起，画面迷人又好看。

倒也犯不上为这张照片吃醋，穆玖只是在遗憾，为什么他生日这天，陪在他身边的人不是自己。

没过一会儿穆玖就收到了骆清宁的信息，说自己白天在参加比赛，比赛结束后去庆祝，这会儿还在外面吃饭。

穆玖想了想，给骆清宁回了个“生日快乐”。

骆清宁没回，穆玖也没有继续说下去，只是心被揪得高高的，落也落不下，放也放不空。

半夜，穆玖睡得迷迷糊糊的时候接到骆清宁的国际长途，那人大约是喝多了酒，声音比往日又低沉了三分。

“被我吵醒了吗？”

穆玖揉了揉眼睛，听到骆清宁的话，含含糊糊地答应了一声。

“嗯。”

“我听宋毅说你今天喊了一群人来给我过生日。”

“嗯。”

“你在生气。”

“……”

骆清宁喝醉了就会说很多话，全然不像往日清醒时淡然沉默的样子。反倒是穆玖，听着他絮叨的时候开始沉默。

“……一周前我就开始紧张，紧张之余又有些兴奋，我总觉得你会在我生日的时候给我一个巨大的惊喜……总觉得，你会来看我……”

“……”

穆玖无话可说。现在他们都处在毕业季，骆清宁忙，不代表她不忙，人家都说酒后吐真言，骆清宁醉酒后说的话，怕是真的在怪她。

“我好想你……”那人的声音顿了顿，“我以为，你会来的，等了一周，直到现在，你都没有来看我……”

穆玖刚想反驳，可紧接着骆清宁的话让她的眼泪一下子掉下来了。

“所以，我买了下个月回国的机票。”

05

骆清宁回来是好事，可穆玖一看到三花，就又有些犯愁。

男朋友和动物不能共存，左手爱情右手宠物，穆玖如同面临着生存还是毁灭的极大难题。

总不能一直养在宠物中心，万一三花被虐待怎么办？退一步说，就算它不被虐待，三花可敏感了，搞不好以为是自己要抛弃它，这问题可就严重了。

正愁眉不展的时候，宋毅又一阵风似的跑来了。

前一阵子宋大少爷不知道怎么认识了穆玖的同门师妹，两个人一见钟情，迅速确定了恋爱关系。可这恋爱的黏腻期还没过一个月，宋大少爷就有些招架不住了。

“真的，你是不知道，”宋毅喝了一大口水，“实在是太作了，非要吃着哈根达斯坐过山车，我真的心脏不好……”

穆玖抱着胳膊白了一眼宋毅，“你的意思是让我劝那个学妹别缠着你了？”

“没。”宋毅摆了摆手，“我自个儿能摆平。今儿哥们儿主要是过来关心你，看你和宁子分了没。”

“怎么说话呢你？”穆玖给宋毅端了盘水果，“上次生日是他忙才没回我的，而且他说下周要回来看我……”

宋毅叹了口气，拿起苹果咬一口吐一口苹果皮。

“我说你们俩也够不容易了，你在这里对他不离不弃，可他却每天都在叮嘱我扫清你身边的枯枝烂叶。说真的，宁子当时从那么多环肥燕瘦中选择了一个最……”宋毅顿了一下，“最平凡中带着点儿个人特色的，也是他眼光独到。”

穆玖怒道：“你怎么说话呢？！”

宋毅就笑了，说“我以前觉得你们走不长，骆清宁跟你表白那会儿，我还以为他闹着玩儿呢。”

穆玖腹诽，你长得就像闹着玩儿！

“喏，”宋毅从口袋里掏出一张什么纸条给穆玖，“宁子一个月前就托我给你弄到的票，不然哥们儿那么忙，谁有空来看你。”

穆玖低头，手心里赫然是喜欢了十来年的偶像的演唱会门票。

恍然间想起自己很早之前给骆清宁打电话抱怨，说为什么门票那么贵又那么难买，那人就冷着脸说她是脑残粉。

真的，一面骂她一面托关系找路子给她送来了门票。

“可问题是，”穆玖看着宋毅简直要哭了，“演唱会的时间，早就过了啊。”

“所以啊，”宋毅耸了耸肩，“你男朋友说叫你看看票就够了，你已经是有夫之妇了。”

“……”

“你说你这男朋友，多可恶。”

三花从厨房蹿出来，吓得宋毅嗷一嗓子冲出客厅，一面说着“回见”，一面连身影都瞧不着了。

穆玖拿着门票，垮着脸蹲在三花身边。

他的男朋友，真是太可恶了。

06

三花恢复得很快，来穆玖这里一个月，腿虽然没好利索，肉却多了。

哦对了，在穆玖这里有个规矩，穆玖在的时候，绝对不能说“胖”和“肥”这两个字，否则，格杀勿论。

空闲的时候，宋毅经常会跑到穆玖这里，和骆清宁一起视频打游戏。往常这个时候，穆玖和三花都是坐在地板上一边看电视一边吃零食。

于是某一天，视频那端的骆清宁突然问宋毅：“你看地板上内两个吃货，是不是……”

穆玖和三花同时抬起头瞪着电脑那端的骆清宁。

宋毅朝骆清宁比了个嘘声的动作，表示秒懂。骆清宁皱着眉头，还是坚持说了出来。

“……肿了。”

嗯，她的男朋友，简直可恶到无法原谅。

07

高考那阵子穆玖也不知道抽了什么风，每天早出晚归废寝忘食，就连排队买个饭也要顶着俩黑眼圈看便签纸上的笔记。到最后，骆清宁实在看不下去了，对昏昏欲睡的穆玖打了个响指，说了两个字，效率。

穆玖不听，说自己笨，还是更习惯题海战术。

骆清宁撇了撇嘴，不说话了。穆玖就暗戳戳地问他，说：“大神，咱俩到时候考一所大学呗，我多努力一点，你也努力少对一点……”

话毕，骆清宁朝穆玖翻了个巨大的白眼。

穆玖的成绩也不算差，只是刚转来文科班，要背诵那些文综知识还要花费很多时间。也不是非得证明什么，对成绩，穆玖的父母很开明，没有要求她一定要拿个状元什么的，只要自己尽力，能考上大学就成。一直以来，穆玖都是这样做的，只是不知道从什么时候开始，这个想法就突然改变了。

她想像骆清宁那样有傲人的成绩，然后，和他报考同一所大学；如果可以的话，她还想跟他做前后桌。

说起来也够不要脸的，穆玖觉得骆清宁对自己还是挺有意思的。

虽然，那人对自己惯常的表情还是瞪她。

可旁人，骆清宁根本连瞪都懒得瞪，这是不是说明，在骆清宁心里，她跟别人，始终是不一样的。

如果用一个成语来概括穆玖对骆清宁的情感，穆玖管这叫“一瞪倾心”。

为了能赶上骆清宁，穆玖在发挥题海战术的同时，搜集了所有骆清宁做过的模拟试卷，又抽了几个晚上借了他几本厚厚的笔记。整理题型的时候，穆玖突然发现，骆清宁在他的试卷上对相似的题型全部做了标记，甚至连笔记里都有自己总结的高考常见题型大全。穆玖欢欢喜喜地记下，转过天还骆清宁笔记和试卷的时候，特开心地问他：

“大神，难怪你成绩这么好，原来这些模拟题和笔记你都是细心分析后还勾画出来，这样就不用重复复习了。”

骆清宁古怪地看了穆玖一眼，若无其事地点了点头。

也是在后来，穆玖问骆清宁当时做的那些笔记是不是为她做的，因为以骆清宁当时的成绩，重复那些笔记真的像是在做无用功。骆清宁听后哼了哼，白她一眼，说：“别老往自个儿脸上贴金好吗？”

穆玖急了，说：“那些笔记和试卷你明明根本就没有看过几次！”

骆清宁不紧不慢，把脖子上的围巾给穆玖围上，又凑近她的耳朵，“因为，我在做总结的时候，就已经记在心里了。”

“你你你，”穆玖脸红到耳根，后退两步，“你不要勾引我！”

骆清宁撇嘴，“不知道谁勾引的谁呢。”

穆玖的脸又红成了一个烂番茄。

上帝爷爷作证，骆清宁这个男朋友，确实是她碰瓷碰来的。

08

高考成绩出来后，穆玖爆了个大冷门，考了个全校第八。相比起来，骆清宁全校第九的成绩就有些差强人意。穆玖一面开心，一面又觉得骆清宁没有发挥出真正的水平，想给大神打个电话，又有点怕怕的，毕竟这个时候打过去，多少有点儿幸灾乐祸的得意姿态。

班主任拍着穆玖的肩膀笑得合不拢嘴，一直在夸穆玖是黑马啊黑马，周围同学也对穆玖赞叹不绝，搞得穆玖还蛮不好意思。直到骆清宁骑着山地车戴着耳机远远地出现，穆玖就有些笑不出来了。

骆清宁还是原来那样酷酷的、抿着嘴面无表情的样子。穆玖打老远看过去，又觉得那人黑着脸，像是在生气。只是骆清宁没有再看穆玖，使得穆玖到底也分辨不清骆清宁是不是在生她的气。

周围的同学也看到了骆清宁，自然是叽叽喳喳地讨论他的成绩，有人说他是发挥失常，也有人说他是得意忘形，总之好坏都有。穆玖听不下去，假装有事离开，往前走了几步，骆清宁骑着车子的身影才慢慢逼近。

骆清宁戴着耳机想必是漫不经心的，穆玖也不知道为什么，没有看到穆玖瞪她，脑袋一热，快走两步就冲上去了。

没有人觉得穆玖是故意碰瓷的。至少在旁观者看来，骆清宁作为肇事者，想必是不满意穆玖的爆冷门，这才假装不小心地撞了上去。

还好骆清宁及时刹车，低低地骂了声脏话，扔掉车子，两步跑到穆玖身边，劈头就是一句，“你找死啊！”

听到骆清宁的话，穆玖捂着膝盖朝骆清宁嘿嘿嘿地傻乐，一面笑一面担忧，说：“你没生我气吧？”

骆清宁一直在担心穆玖膝盖上的伤来着，听穆玖这么一问，又好气又好笑，一时间却也无话可说。

被骆清宁扶着去医务室的路上，穆玖一直叨叨着说自己腿疼，要么说自己膝盖碎了，要么就说自己恐怕要截肢了。

骆清宁懒得理她，到了医务室问大夫怎么样。大夫给穆玖擦药，听着她一直嗷嗷地叫，有些头疼，干脆把后续工作交给骆清宁，说：“就是擦破点儿皮，你给她擦点药就好了，叫得我头疼。”

穆玖眼泪连连，说：“完了，伤筋动骨得一百天，我这皮都擦破了，这得要休养多少天才好啊？”

骆清宁小心地给她擦药，一面擦一面觉得好笑，问她：“穆小姐，你知不知道你这是在碰瓷啊？”

穆玖点头，眼睛一闪一闪地发亮。

“知道啊，别人我还不碰呢。”

骆清宁抬头，又瞪了她一眼。

“内个，”穆玖绞着手指，看着骆清宁的头顶，有些不好意思，“我们可以报同一所大学了。”

骆清宁没说话，擦好药后站起来，抽出纸巾擦了擦手。穆玖以为他不愿意，联想到刚刚自己约等于告白的话，忽然就气血上涌，语无伦次起来。

“我不是这个意思，”红着眼睛连忙跟那人解释，“我只是觉得、觉得我们……”

骆清宁瞪她一眼，“觉得什么？”

穆玖不敢说话了，可看骆清宁脸上憋着笑的样子，不说又显得自己矫情，于是小心翼翼地说：“……我们，挺合适的。”

“美得你！”

骆清宁白她一眼，又咧着嘴，笑了。

终归是这么在一起了，没有表白，也不那么浪漫。

09

毕业前大家都互送纪念品，笔记本、艺术照或者写同学录什么的。穆玖觉得跟新班级的同学都挺聊得来，于是跑到打印店打印了一堆一寸照片，兴冲冲地跑回来跟骆清宁显摆。

“这样大家就能记住我了，哇咔咔。”

骆清宁随手拿起一张看了看，又朝穆玖啧啧啧地道：“你能不能走点心重拍一张？你看你脸上这痘，这头发，还有你的内龅牙，你倒是拔了再去拍啊……”

穆玖忍无可忍，从骆清宁手里夺过照片，“说了八百遍了，我这是虎牙啊虎牙！你见过长得这么好看的龅牙吗？！”

骆清宁不置可否，兴许是无聊，开始数起穆玖的一寸照片来，半晌抬起头来问她：“你要一人送一张啊？”

“那可不！”穆玖觉得自个儿特骄傲，“便宜，还有纪念意义。”

骆清宁撇了撇嘴，骂了一句“抠门”，趁着穆玖跟别的同学寒暄的时候，飞快地抓了一把一寸照片，放到口袋里。

于是后面的对话就变成了这样。

穆玖：“啊，我的照片怎么突然少了这么多？！”

骆清宁：“啊是吗？快看有没有掉到桌子底下……”

穆玖：“……”

于是那天穆玖的照片只发给班上占据着半壁江山的女同学。

后来的某一天，穆玖边逗三花边埋汰骆清宁。

“你是不是怕别的男同学爱上我，才把我的照片藏起来的？”

骆清宁站得离三花远远的，听到穆玖的话皱了皱鼻子。

“牺牲我一个，解救弟兄万万千！”

听着还挺壮烈的。

穆玖倒没啥，倒是三花有点愤怒，瞪着骆清宁吼了一嗓子。

“还是我的花花对我好，”穆玖开心地把三花抱在怀里蹭啊蹭，“我最喜欢你了，花花！”

“喵！”

于是站在角落里的某大型物体，不甘心地学了声猫叫。

“喵！”

10

穆玖藏不住事，但凡别人告诉她个小秘密，穆玖保证得好好的，可十分钟没过，就又添油加醋地告诉别人去了，骆清宁经常说穆玖的嘴只值五毛钱。

一开始宋毅还经常找穆玖和骆清宁说点什么感情中的小秘密。可时间长了发现穆玖满嘴跑火车，宋毅就再也不愿意跟穆玖交流感情了。有一段时间，因为没有八卦的充实，穆玖过得相当寂寞。

于是她跟骆清宁抱怨，说：“大家以前这么喜欢跟我说秘密，肯定是想我说出去啊！人生本来就需要我这样的人来调剂啊，你看看我的欧巴，我讲他八卦的时候，他从来都没有嫌弃我……”

骆清宁白了穆玖一眼，“你这么喜欢说八卦，在你的那些朋友、同学面前，你是怎么说我的？”

穆玖眼睛一亮，跑到骆清宁身边拽着他的胳膊摇啊摇，眼睛弯弯地眯成了一条线。

“我说你好啊，长得帅又善良，虽然看起来冷冰冰的，但是对喜欢的人就格外热情……”

骆清宁哼了哼没说话。

“那我们一人说一个秘密吧。”

“我没有秘密，也不喜欢跟你玩这种无聊的游戏。”

“说嘛！”穆玖继续摇骆清宁的胳膊，“我先说，不许耍赖。其实我刚认识你的时候，觉得你可装叉来着……”

骆清宁的脸黑了，“这种秘密你自己放在心里就好了。”

“到你了，”穆玖嘿嘿嘿地笑，“你也说一个。”

骆清宁别过脸，没说话。

哥们儿是不愿意陪穆玖玩这个无聊的游戏了，穆玖也不强求。她本来也觉得挺无聊的，站起来拍了拍屁股去倒水喝，走到厨房门口的时候，听到骆清宁的声音。

“我喜欢你很久了……”

姑且……算是秘密吧。

11

那时候流行拍大头贴，穆玖这么不喜欢照相的人也着实爱了大头贴一阵子。

人家拍大头贴，要么送人留念，要么自己觉得自个儿好看，默默地收藏着。可穆玖不一样，她觉得大头贴给她打开了一扇新世界的大门。换一种说法，穆玖觉得自个儿简直美爆了，一下课就拿着大头贴在教室里显摆。也就是那一阵子，穆玖又有个新的外号——穆显摆。

深受其害的首指骆清宁。

“大神你看我这张是不是特给劲儿？看这大眼睛，blingbling的……”

骆清宁：“……”

“你说还能不能行啊？哎呦喂，就我这长相，这眼睛，这小脸蛋，你说上帝伯伯对你们这些人怎么就这么不公平啊。”

骆清宁：“……”

“那大神，”穆玖暗戳戳地挪到骆清宁面前，“要不要我送你一张，我再给你签上名？”

“我谢你！”咬牙切齿。

“这有啥，大家都是朋友嘛。”不由分说把手里的照片塞到骆清宁手里，挑挑眉又嘚瑟，“要不我再给你签个名儿？绝版有没有……”

骆清宁扫了她一眼，果然看到穆玖在一本正经地签自个儿的名字，想了想又觉得好笑，接过穆玖的照片，吐槽了一句“非主流”，就再也没说什么。

穆玖没得到骆清宁的赞美，讪讪地回到座位上，不死心地想再跟骆清宁说点什么的时候，却看见那人低着头在认真地写着什么。

“写什么这么认真……”嘟囔着站起来看了一眼，骆清宁在穆玖的名字旁，认认真真地，又加上了自己的名字。

骆清宁。

穆玖。

“名字放在一起真配啊！”那人眉眼弯弯地笑道。

12

还有一件事。

穆玖喜欢吃学校门口的煎饼果子，一次加两个鸡蛋，不要青菜，久而久之，就把吃煎饼果子当成了自己人生中的一件大事。

直到有一天，穆玖买煎饼果子的时候看到了骆清宁。巧得很，骆清宁兴许是没吃早餐，看到穆玖站在摊位前，想了想，居然也过来了。

穆玖欢喜得直向骆清宁夸这家的煎饼果子如何如何好吃，并在心里默默地想着等下结账的时候一定得帮大神结了，毕竟在促进彼此友谊发展的过程中，金钱还是有一定的魔力的。

只是人算不如天算，就在穆玖喜滋滋地从口袋里掏钱准备先一步结账时，发现自己出来得匆忙，没有带钱包。得，别说要给骆清宁结账了，连她自己的都付不了了。当下，只得咬着牙朝骆清宁借了四块五毛钱。

至少当时，穆玖是觉得自己这钱得还。可是隔天早上，穆玖笑眯眯地拿着五块钱找到骆清宁之后，那人皱了皱眉说:“没零钱，下次吧。”

穆玖想着自己不能在大神面前表现得太抠门，于是大手一挥，把钱拍在骆清宁桌前道：“没事啦，不用找了。”

“你是说，”骆清宁抬起头来，“这是小费吗？”

“不敢不敢，”穆玖忙解释，“这不是你没有零钱找嘛……好吧，我拿走。”

于是第三天，穆玖又拿过来五块钱，骆清宁依然没有零钱，第四天、第五天仍是如此。偶尔穆玖忘了，骆清宁就会转过头，转着手中的笔提醒她，“你还欠我四块五毛钱。”

可是骆清宁永远说自己没有零钱，而穆玖，也永远都没有给过骆清宁零钱。

后来穆玖才明白，原来他们两个人的小心机都是不约而同的。

至少因为这四块五毛钱，他们有了可以彼此交流的原因，至少他们彼此的交谈，不是尴尬而生硬的。

可往往这个时候，骆清宁都会一板一眼地告诉她：“如果你当时说那五毛钱是给我的小费或者利息我就收下了，你一声不吭地拿走了，搞得我真的不好意思要。”而且，骆清宁摊手，“我是真的没有零钱，那煎饼果子……也是真的不好吃。”

13

有一次穆玖跟骆清宁因为一点小事吵架，穆玖一气之下把自己喜欢的韩国欧巴海报撕了，再回过神来，看到欧巴的头和身子都分家了，哭得那叫一个肝肠寸断。骆清宁知道后，迅速搜集了一众韩国欧巴海报过来，让她撕着玩儿。穆玖泪汪汪地接过，抱在怀里拼命摇头，吵架的代价太大了，差点把她的欧巴撕碎了，看来这架，是万万吵不得的。

骆清宁于是暗戳戳地问她，要是他和穆玖的欧巴一起掉到了河里，她会救谁。穆玖像考虑生死一样想了大半天，最后一脸英勇地看着骆清宁说："救你。"

骆清宁很满意，想笑又不敢表现出来，于是极力装作淡定的样子问她："为什么？"

穆玖得意地看了一眼怀里的海报，说"我突然想到我欧巴会游泳。"

骆清宁咬牙，问她："我说的是万一……万一他忘了呢？万一他腿抽筋了呢？万一他被什么东西缠住了呢……"

穆玖被吓坏了，鼻子嘴巴皱到了一起，眼泪都要掉下来了。

"那我就跟我欧巴一起走。"

骆清宁迅速从穆玖手里抽出一张海报，撕碎了。

14

宋毅没考好，报了本市的一所私立大学。穆玖和骆清宁走的那天下午，宋毅开车来送他们，内小子能说，先是恭喜了穆玖和骆清宁喜结连理，后又激情澎湃地展望了一下未来。他们要上车的时候，宋毅的眼睛突然红了一大圈。穆玖知道他是真舍不得他们，这样看着宋毅，自己的鼻子也有些酸酸的。正伤春悲秋的时候，骆清宁忽然把她拉到身后。

"行了，别没完没了，抱我就代表了。"

原来宋毅情绪激动的时候抱了抱骆清宁，转过头又想抱穆玖，被骆清宁给拦下了。

宋毅反应过来，擦了擦眼角，说："大家都是哥们儿，我真没别的意思。"

骆清宁让穆玖上车，穆玖走到一半折回来喊骆清宁，听到那人极低的声音说："真有意思也不行，她是我的。"

三 很多爱败给了距离

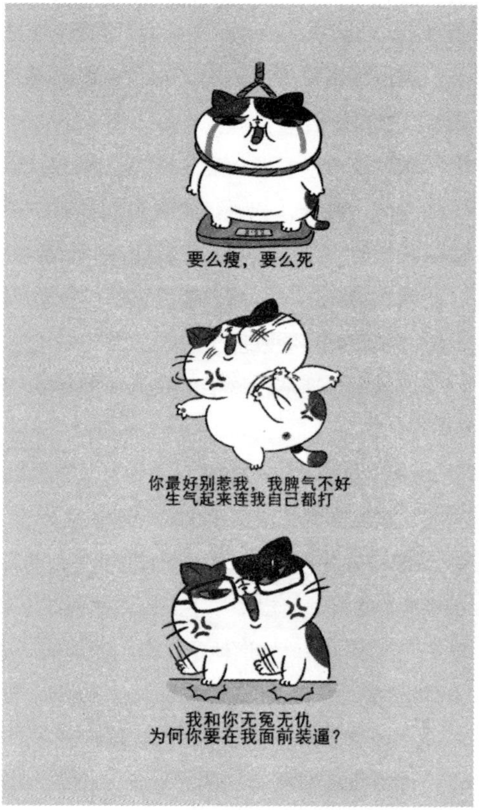

喜欢你，

是我此生做过的

最坚定不移的事。

01

穆玖突然就忙了起来，原因是前段日子交给教授的论文又被打回来了。教授是个六十几岁的老头，拿着穆玖的论文朝她吹胡子瞪眼，说你这写的就是一坨屎，没有逻辑，没有根据，别说是研究生论文了，连小学生的作文都比不上。穆玖不敢搭腔，生怕惹教授一生气，自己辛辛苦苦两个月的论文就泡汤了。

她改。

一次不行就两次，两次不行就五次，反正迄今为止，这已经是退回来的第四次了。

衰。

离开骆清宁的穆玖，就是一个"衰"字。

原本期待骆清宁能在周末回来指导一下她的论文，可自己给骆清宁发过消息，那人突然就失踪了。

"失踪"这词儿不能乱用，可骆清宁确实是在她发过消息后整整两天都没有联系她。吓得穆玖迅速喊来宋毅商量对策，两个人急得差点就找大使馆联系美国警察了。还好宋毅认识和骆清宁在同一所学校读研的留学生，这才拜托那个留学生去打听骆清宁的下落。

留学生一时之间没有回复，穆玖吃不好睡不好。还没三天，宋毅就嚷嚷着她瘦了，一面拽着她出来吃饭，一面又安慰她说两国时差不同，一早一晚的，两天就过去了，说不定骆清宁根本就没看到信息呢。

好在第三天中午骆清宁回复了信息，很长的一条信息。先是说自己这两天事情太多，本来想昨天联系穆玖，可忙着忙着就忘了，后又安慰穆玖慢慢来，论文的事多问问教授，多看参考文献……

信息太长了，穆玖忽然就不愿往下看了，是不想，也是不敢。

老实说骆清宁是个极懒惰的人，不论是说话还是发信息，只能用单音节绝对不多加一个标点的那种。现在他发那么长的信息，穆玖直觉是有事发生。

宋毅催促着她往下看。穆玖咬了咬牙，果不其然，最后骆清宁抱歉着说情况有变，他近期回不来了。

真是……

她不由分说就给骆清宁打了国际长途，异地两年，穆玖头一次跟骆清宁发了脾气。

所有可以说不可以说的话都说了，所有的委屈和苦都诉了。穆玖口齿伶俐，根本不给骆清宁一丝插话的时机。想来这两年的异地，累积的情绪实在是多，穆玖红着眼圈说了大半天好像都没说够。要不是一旁的宋毅拦着，穆玖怕是把自己这两年的情绪都一丝不落地发泄出来了。

宋毅在一旁插嘴："你倒是给我们家宁子留个解释的时间啊。"

穆玖这才停住嘴，听那端骆清宁的动静。只是下一秒，穆玖就觉得已经没必要了，因为电话的那一端，清晰地传来了一句女声。

"清宁，我们走吧。"

说的是中文，声音好听得不得了。

"我们都冷静一下吧。"穆玖说了最后一句话，随后挂了电话。

她突然觉得累了，好像无论如何都坚持不下去了。明明在此之前，再苦再难，穆玖都从来没有像现在这样沮丧过。

一个星期前，那个人还在醉酒时混混沌沌地说我好想你，一个星期后，他的身边突然就多了一个好听的声音。

早就听以前的同学说过的，骆清宁是要留在纽约的。还听说其实在美国有很多女孩子会追求骆清宁，而他与其中一个非常优秀的华裔女孩子关系很好。

过往因为骆清宁对她的态度，她从来就没有怀疑过，或者说从来就没有把这些问题当作隔阂存在过。

猜忌，是异地恋免不了的一个难题。无法触碰到对方，无法得知对方的生活状态，便会患得患失。

宋毅不明就里，皱着眉问穆玖："你跟宁子又怎么了？"

又？

穆玖不是很喜欢这个字，好像以前他们的感情就经常出现状况似的。还是说旁观者清，置身事外，才能把他们的情况看得明明白白？也难怪，宋毅总是嚷嚷着为什么骆清宁还没有把她甩了。

所有的蛛丝马迹串联起来就是一个真相，只是这真相，穆玖自己拿捏不准。“你跟我说，骆清宁在纽约是不是有了喜欢的人？”

穆玖神情严肃，脸上没有此时所有女生该有的痛心，一副调查真相的表情像极了动漫里的毛利小五郎。

当然是没有胡子的毛利小五郎。

宋毅掏出手机看了看骆清宁发来的短信，穆玖怕是无缘看到了。

穆玖手机关机了，劝劝她，我是决定要结束学业回国发展，所以才说情况有变，现在在交接一些资料，让她等我几天。

宋毅把手机揣在兜里，朝穆玖耸耸肩，“宁子是怎样的人你比我清楚。”末了又补一句，“有人追我们宁子是肯定的。别说他，你们研究生部的一个管理系的学弟不是也在追你吗？”

穆玖不说话了，大约是在想事情。

宋毅拍了拍穆玖的肩，叹了一口气。

距离啊，这该死的距离。

02

三花做了一个梦，梦到被穆玖养在手机里的宠物从美利坚回来了，出于对另一只宠物的好奇，三花迅速蹿进客厅，跟在穆玖身后，屁颠屁颠地去接那人。果然高大帅气，让人垂涎欲滴，却不想，那只宠物居然带了个金发碧眼的妹纸回来。

额，比穆玖个子高，长得也比穆玖好看一丢丢。三花一眼接一眼地瞅，想着自己得什么时候去洋妹子家里做做客，感受一下。

再抬头看一下穆玖，梦里那人的性格可不内敛，居然当着自己的宠物和洋妹子的面嘤嘤嘤地哭了起来。

太不坚强了，一点也不随它花大王。

洋妹子嘀嘀咕咕地跟穆玖说了一大串话。三花听不懂。临了妹子还抱了穆玖一下，这一抱不要紧，穆玖哭得更厉害了。

三花这就不乐意了，伸出爪子就扑过去了，不是它不懂怜香惜玉，实在是穆玖战斗力太弱，只会哭算什么本事？！

只是身子刚一腾空，三花自己就醒了。

恍惚了好一阵，梦得还挺真实，

吁。

三花吐了一口气，它头一次看到穆玖哭，看热闹还没看够，真是有些遗憾。遛达着从窝里出来，喝了两口水，又去穆玖卧室里瞧了瞧，那人正坐在地上倚着床发呆。

还别说，穆玖出神想事情的时候，还真的挺像个人的。

三花原本不想理它，出神有什么好理的，它吃饱了不也经常发呆嘛，也没看穆玖过来理理它。可再一细看，姑娘眼眶红红的，居然真的在哭，这可不得了。三花嗖地蹿到穆玖跟前，刚刚在梦里没看清，现在得好好看看，到底穆玖哭的时候有多凄惨。

穆玖注意到三花蹿过来，不知道为什么还有些害羞，大约是自己掉眼泪的模样不常见，即便是在宠物面前好像也不能失态一样。

反而是三花一副没心没肺的样子，围着穆玖转圈，转到身后的时候，爪子踩到一个看起来年代久远的笔记本上。三花停下来，又绕着笔记本走了几圈，还好奇地叫了两声。

穆玖听了，转头看到笔记本在三花爪子底下，吃了一惊，赶紧把笔记本从三花脚底下抽出来，又瞪了三花一眼。

“你知道这是啥，你就乱踩啊？”

三花也不是什么省油的灯，看到穆玖在瞪它，又瞪了回去。

是啥？

穆玖像是听懂了三花的疑问似的，叹了一口气，从嘴里吐出两个字。

“毒药。”

03

说得有点装了，不甚文艺的穆玖勉强能说出这个词来，理应掌声鼓励。

这个笔记本就是高中时穆玖“不小心弄丢”的骆清宁的英语笔记本。

笔记本的质量很好，即便过了这么多年，内页也没有发黄的迹象，写得工工整整的，是骆清宁的英语笔记。若只是这些，委实够不上装逼的“毒药”二字。

穆玖当年跟骆清宁借这本笔记时，也从来都没想过里面会有骆清宁的秘密。

骆清宁喜欢画画，听人说好像还拿过什么市里的奖。穆玖对这方面一直深信不疑，大神嘛，所有的东西都会才不奇怪。笔记本里夹着一张折叠得很好的画纸，里面分成了十二个小格子，每一个格子里都有一幅画，每个画里能看出一个故事。

故事里骆清宁有个漂亮温婉的母亲，也有个高大帅气的父亲，一家人的生活和谐而安逸。直到某一天，母亲不知为什么狠心抛下了他们，从此他和父亲的脸上就鲜少露出微笑。

没有说想念，也没有表明怨恨。这张画，是毒药。

每每看一次，就陷在回忆里一次，所有的想念和怨恨都是秘密，说不出来的话，只能埋在心里。骆清宁，他明明不该是这样的。

穆玖也不知道自己当时是怎么想的，隔天就告诉骆清宁笔记本丢了。她原本是想把画拿走，只还笔记本，又怕骆清宁问起，只得说丢了。看着骆清宁郁郁不乐的样子，穆玖不知道为什么反而又有些放心。

骆清宁的气只维持了三天。后来穆玖也没有刻意提起这件事，不知道他是忘了还是不愿意说。直到上大学的某一天，骆清宁忽然主动说起自己家里的事，穆玖才有些憋不住，朝他坦白。

骆清宁反而笑了，站起来伸了个懒腰，说：“没关系，都是过去的事了。”

不知道是不是真的过去了，骆清宁这么说，穆玖也这么信。直到某一天，穆玖发现那个笔记本里，突然加了另一张画。

长大后的男孩和陌生的女孩并肩站在一起，挽着手的样子要多美好有多美好。

细看，画中女孩鼻尖位置的痣同她的丝毫不差。

明明，那时那么好的他们……

04

大学后，穆玖跟骆清宁选的是同一个专业，上课在同一间教室，先前的前后桌的缘分变成了同桌。

只是原本穆玖自以为大学轰轰烈烈的恋爱，全被现实和彼此的性格打破了。

骆清宁喜静，同时酷爱运动，多半时间混在图书馆、操场和健身房；穆玖爱闹同时兼追星，除上课之外的大半时间都在和室友打打闹闹，去去游乐园，再逛逛地下街，顺便坐在电脑前花痴地为欧巴打打榜。两个人在一起基本上就成了一日三餐，再加上偶尔穆玖早上起不来，以及中午出去玩赶不回来，两个人独处的时间就只剩了晚餐时间。

更有时候，两个人一天连个照面都打不着。

班上很少有人知道他们是情侣，最多以为他们关系好，一个地方来的，又是同学，平时一起吃饭而已。穆玖心大，别人不问，她就觉得没有必要说，毕竟骆清宁表现得也算规矩，没有任何拈花惹草的动向。骆清宁平时接触到的八卦的女生甚少，所以更加没有广而告之的理由。

直到有一天，穆玖在学生会认识了一个管理系的学弟。那学弟性格奔放，长得白白净净的。大约穆玖的性格格外圈粉，学弟见她的第一天就嚷嚷着说学姐我喜欢你，我们在一起吧。

穆玖呵呵两声，心说我放着我如花似玉的男朋友不要，我不是傻吗？

学弟不依不饶，除上课之外，穆玖走到哪他跟到哪。穆玖越想越好笑，觉得现在这情况跟小孩过家家似的，要是她被人追的事情被骆清宁知道了，那厮想必也格外开心，毕竟他的女朋友还是很抢手的，呵呵呵。

这么一想，再一抬头，迎面就看到骆清宁提着包过来。

嗯，嘴唇抿紧，眼神冰冷。

穆玖一下子技痒，没憋住，几步跑到骆清宁面前抱着他的大腿，如泣如诉地道

“亲爱的，不怨我啊，都怪我魅力大！”

“呵。”

骆清宁瞪了穆玖一眼，又看向三米外戴着耳钉染着黄发的学弟，弯起一边嘴角，低下头把穆玖拉起来，胳膊揽着穆玖，说：“亲爱的，告诉这个学弟，我是谁。”

穆玖吞了吞口水，这么近的距离看，她的男朋友，棱角还真是分明啊。

“呵呵呵，”穆玖回过神来，尴尬地朝学弟挥了挥手，“不好意思，我男朋友。”

此时正值午餐时分，学校中央广场客流量极大，穆玖话一出口，立刻引无数人围观。

人群里一片啧啧声，穆玖环视了一周，看着围观女生不敢相信的艳羡眼神，满意地笑了。

骆清宁拉着穆玖从人群中走出来，眼见着周围没人了，骆清宁才冷着脸松开穆玖的手。

穆玖一看坏了，哥们儿真生气了。当然，她目前还搞不清楚骆清宁是因为自己遭到围观而生气，还是因为她被学弟追而吃醋。

骆清宁等了半晌也不见穆玖跟他解释什么，心里那个气，偏偏脸上又不好表现出什么，闷着头对穆玖说：“我去图书馆还有点事。”

穆玖反应迟钝，点了点头，说：“哦。”随后像是突然想到什么，喊住骆清宁，“等一下！”

骆清宁停了停，满意地等穆玖过来求和。

“我还没吃饭，没带钱包……”

黑脸。骆清宁白了穆玖一眼，从口袋里掏出钱包扔到穆玖手里，看着她大剌剌地咧着嘴笑，转身就要往餐厅跑，又有些无可奈何的感觉。

“穆玖。”

“哈？”

“你那个学弟，”骆清宁别扭地咳了一声，“长得没有我好看。”

穆玖一脸严肃，举双手，“认证！”

“个子也没我高……”

“赞同！”

“染黄头发、戴耳钉、骚扰有夫之妇，品行也没我端正。”

“……所以呢？”

“我才是最好的选择！”他撂下一句话就转身走了。也不知道是害羞还是吃醋，穆玖还怔在原地，傻乎乎地摇头。

她知道啊。

打开骆清宁的皮夹，最打眼的是穆玖的一寸照片。小心地抽出来，背面是她和骆清宁两个人的名字。

她的字凌乱而潦草，骆清宁却将自己的名字写得格外郑重工整。

像他们两个人，一个没心没肺，一个细心严肃，两个人一面互补，也互相包容。穆玖一直相信，她跟骆清宁，是可以就这样走下去的。

05

自打骆清宁和穆玖公布恋情之后，往日的平静生活就完完全全被打破了。骆清宁凭借强大的气场还能冷冻周围一些人，相比之下穆玖就有些冻不住场子。她原本就是那种嘻嘻哈哈的人，再加上周围女生喜好于帅哥骆清宁的八卦，穆玖一整天几乎有十个小时在跟别人重复。

对，没错，骆清宁确实是我的男朋友。

是的，我们是高中同学。

不要怀疑，是他追的我。

对，我那时候很漂亮。

性格好的人就会会心一笑，顺便夸一句你男朋友真帅；遇到不会说话的，就会一脸嫌弃地说骆清宁怎么会看上你这样的。

你说这多气人啊。

尤其是经常跟自己一起花痴欧巴的饭友某天也神神秘秘地向穆玖认证。

“说吧，你是不是骆大少爷找来的托儿？”

穆玖愣了愣，问：“什么意思？

饭友凑近穆玖的耳朵，“就是因为骆清宁身边有太多的莺莺燕燕，所以才找你来做挡箭牌的意思……”

她的魅力有这么不明显吗？

连穆玖的亲亲饭友都这么问了，穆玖真的是没辙了，于是在某堂课上跟骆清宁讨论商量。

“我觉得有必要多多接触，增加我们的革命感情。”

骆清宁没听清，问她：“你说什么？”

“我说，”穆玖凑到骆清宁耳边，“我们应该……”

“穆玖！”

“毛概”老师推了推眼镜，笑眯眯地看着她，“你给我们读一下下一段。”

穆玖下意识地看向骆清宁，“毛概”老师哭笑不得，说：“你别看他，自己读。”

往常这个时候，身边打小报告的小纸条一堆接一堆的，可自从自己跟骆清宁承认是情侣的事实后，这些人连最基本的同学之情都没了。再斜眼看一眼骆清宁，那人正低着头，拿书掩着嘴呵呵地笑。她只得无奈地瞪了他一眼，刚想说声“I'msorry”，那人就站起来，接过她手里的书，朝老师笑了笑。

“老师，穆玖嗓子有点不舒服，我替她读。”

穆玖感激涕零，想着她男朋友要是一直这样该有多好。

下课后骆清宁拦住穆玖的去路谈交易。

“解围一次，去操场帮我送三次水。”

“……好吧。”

06

穆玖很不喜欢操场。

通常女生有个长得好看、喜欢打篮球的男朋友，都会喜欢看他们打球，给自己长脸嘛。试想一下，看台上的一众女生盯着篮球场某个帅哥花痴的时候，男生走过来接过你递去的水，含情脉脉地看着你，引来周围一众女生的嫉妒，那种感觉简直爽翻。

但很遗憾，穆玖作为一个运动细胞为零的死宅，最讨厌的地方就是操场。

所以骆清宁鲜少在中场的时候收到过穆玖递过来的水。当然，以骆清宁同学的冰山性格，势必也不会接受其他女生的好意。

某一天，穆玖心血来潮，拿着矿泉水就去了操场。她走到篮球场地的时候，正好骆清宁他们在中场休息，骆清宁已经看到了他，嘴角扬了扬，没有笑出来，预备拿水的手也停下来了。他几步跑到穆玖面前，脸上的表情很别扭，很开心又绷着脸不肯表现出来。

“你怎么来了？”

穆玖把水递过去，又踮起脚给他擦了擦汗，骆清宁的耳朵红了一圈。

“我刚刚，”穆玖小声地在骆清宁耳边说道，“听同学说你们篮球队有个人特别高、特别帅，大家都跑来看，是哪一个啊？”

“……”

07

宋毅不知道为什么跟骆清宁吵架了，跑来找穆玖评理。穆玖全程呆滞地坐在甜品店听宋毅唠叨，直到他说完了，才幽幽地叹了口气。

“我前两天也跟他吵架了，他到现在都不理我……”

“我也是！我都跟他道歉了！”

“哈？”穆玖张嘴，“虽然是我的错，可是我坚持没有道歉……”

正说着，穆玖的短信铃声响了，宋毅抢先一步拿起来，看到是骆清宁发的短信。

“已经两天了,你难道一点基本的不要冷战的自觉都没有吗？！”

穆玖朝宋毅摊手。

“好烦啊，每次吵架才两天就来求和。”

宋毅：“# ￥%……&*……”

08

穆玖因为长年疏于运动，抵抗力一直不大好，往往一有个流行感冒之类，穆玖总是被流行上。大二的时候，穆玖得了一场特别严重的流行性感冒。

说是感冒，可是穆玖只记得自己打过两次喷嚏，其他的时间都一直在发高烧，从三十八度烧到四十度。穆玖的饭友拿着穆玖的手机给骆清宁打电话，说你女朋友快死了，你快去医务室看看吧（饭友说话是真的不走心）。

据说骆清宁当时在洗澡，头发洗了一半，擦都没擦就跑出去了（温馨提示，寒冬）。

在医务室待了半宿，大夫见高烧仍然没退，没辙，说转送市医院吧，别出人命。

辅导员和同学忙着拨 120。骆清宁听到大夫的话当场就急了，拽着人五十几岁的大夫的衣领子不撒手，说你治不好怎么不提前说？她出了事你担得起吗？！

这样说着，骆清宁的眼圈蓦地红了，转过身来，抱起穆玖就往外跑。饭友后来跟穆玖讲的时候，还带着触目惊心的表情。

大冬天的，骆清宁没穿外套，头发上还滴着水，因为等不及救护车，红着眼睛抱着穆玖就往外跑。大家都说从来没有见过骆清宁那个样子，不是心疼，是觉得穆玖就是骆清宁的命。

穆玖烧糊涂了，去医院的路上一直在说胡话。穆玖好不容易喊对了骆清宁的名字，又傻乎乎地咧着嘴笑，说你是不是把我的一寸照片都藏起来了。她伸出手摸骆清宁的脸，大约那时候清醒了一点，但声音仍是含含糊糊的。

“你别哭啊。”

说完这句话，穆玖就昏昏沉沉地睡着了，大约也是晕过去了。

骆清宁抱着穆玖在出租车里放声大哭，模样格外难看。

到了医院，大夫说要把他们隔离，骆清宁死活不愿意，一直嚷嚷着要跟穆玖隔离到一起。大夫也是没办法，两个汉子愣是没把骆清宁拖出病房。

后来穆玖可算醒了，睁开眼睛就看到骆清宁肿着俩眼泡盯着她，看到她醒过来，眼圈又是一红。

穆玖后来问他是不是哭了，那人还不承认，非说是自己通宵打游戏打的。

09

骆清宁绝对是个唯物主义、三观周正的好青年，可打穆玖这一病，突然就对佛学格外崇敬起来。穆玖完全好了之后，骆清宁就带着穆玖跑到城郊的寺庙里求了个平安符给穆玖戴上，还自个儿跑到大堂的佛像前，双手合十绕了十几圈佛才肯走。穆玖问他绕佛的时候在想什么，骆清宁看了一眼穆玖脖子上挂的平安符，叹气。

“我只想知道这东西能保多少年平安，是不是我绕几圈就是几年啊……”

穆玖老实地摇头，“不知道。”

“那我们下周再来一次吧，我争取绕到一百圈。”

救命！

穆玖后来问骆清宁，你相信那些被人传得很神的算命先生吗？

骆清宁不知道在忙什么，摇了摇头，胡乱地应答了一句："那些都是骗人的和稀泥的话，傻瓜才会相信呢。"

可穆玖不服，说可是我那天跟同学去算命，算命先生说我们比较配啊。

骆清宁顿了顿，光速打脸：

"那我信。"

10

学生会组织"模联"（MUN）活动，骆清宁和穆玖之前都是最佳辩手。活动中，骆清宁是X国代表，穆玖却阴差阳错地成了Y国代表。在一项议题之中，穆玖据理力争，与骆清宁呈胶着之势，那气势恨不得把骆清宁一步逼死。骆清宁所在的另一个代表是邻校的学生会主席蒋瑶，听说才貌在学校里稳居前三。蒋瑶不知道穆玖和骆清宁的关系，看到骆清宁有意相让的时候就有些不痛快，同穆玖争辩的时候，言语就刻薄了些。

会议暂结一段之后，几个代表出去聚餐，有人就好奇地问："穆玖，你可不要将个人情绪上升到国家的高度，你的对手可不是别人。"喝得有点醉的穆玖把杯子往桌子上一甩，豪气万丈地说："哥们儿太帅，我要趁机会跟他多说句话！"

认识穆玖的人都会心一笑。即便是其他学校的代表也只当穆玖外向，加之骆清宁的长相实在是秀色可餐，众人有一笑带过的，也有撺掇着穆玖过去表白的。

说实话，穆玖好久没演戏，还有点羞涩，端着酒杯往骆清宁那边走的时候还有点紧张。

只是不知道是不是错觉，穆玖经过蒋瑶身边的时候，那人微不可闻地哼了哼，用的就是台上尖酸刻薄的语气。再往前迈一步，穆玖整个人就猝不及防地摔倒了。

穆玖原本就喝得醉醺醺的，这下被蒋瑶绊了一跤，结结实实地来了个狗啃泥。身边的人还没反应过来发生了什么事，蒋瑶就哎呦一声站起来，说："这位同学，你行这么大礼干吗啊？多客气啊……"

骆清宁闻声赶来，一只手把穆玖扶起来，另一只手也不知道什么时候抓了蒋瑶的右手腕。

"道歉。"骆清宁的脸色不好看，看来是真的生气。

穆玖瞪了蒋瑶一眼，心说折断你这小贱人，可看着蒋瑶的眼睛里居然泛起了泪花，大约是真的被骆清宁拧疼了手腕。

穆玖还有些于心不忍，抓了抓骆清宁的胳膊，朝他摇头，说："算了，我觉得她也不是故意的。"

骆清宁白了她一眼，又看蒋瑶，语气又冷了三分。

"最后一次，道歉。"

"对……对不起！"

骆清宁这才松开手，而后看都不看蒋瑶一眼，一边走一边朝穆玖嚷嚷："你傻啊，别人欺负你，你不会欺负回去啊。"

穆玖抱着骆清宁的胳膊摇啊摇，"这不是有你嘛。"

骆清宁瞪了穆玖一眼，没否认。

幸好你有我！

11

穆玖和骆清宁特意抽了个暑假出去旅游．订酒店的时候，前台问要一间还是两间，骆清宁看了正在玩手机的穆玖一眼，说为了节约组织经费，我们订一间。穆玖就听到"节约经费"了，放下手机一脸正气地拍自己的胸口。

"开两间！不差钱儿！"

前台小姐憋着笑给骆清宁拿房卡，骆清宁被气得脸都绿了。

住进去穆玖才发现自己房间的空调坏了，给酒店负责人打电话，负责人一脸歉意地告诉穆玖，修不好了。

穆玖没辙，抱着被子去敲骆清宁的门。门开了，骆清宁穿着浴袍站在门口，头发还在湿哒哒地往下滴水。穆玖有点不好意思地看骆清宁，嘴里默默念着“色即是空”，抱着被子嗖地蹿到了床上。

骆清宁就站在门口看着穆玖别扭的样子笑，想着自己刚刚打给酒店负责人关掉穆玖房间的空调的电话，一面笑，一面觉得自己真可耻啊。

晚上穆玖做了个梦，梦到骆清宁为了一个特别漂亮的女生要跟自己分手，一个激灵被吓醒了。看看身边的骆清宁睡得正香，忙摇了摇他的胳膊，见他迷迷糊糊地醒了，问他，你会不会跟我分手啊。

骆清宁没怎么听懂，倒是听清了“分手”两个字，腾地从床上坐起来，揉了揉头发，看着穆玖。

“不要！不分！为什么？！”

“哦。”

穆玖得到了想要的答案，迷迷糊糊地又要睡了。骆清宁反倒睡不着了，看到穆玖睡得熟，又不愿喊醒她，只得一个人坐在床上犯愁。

该死，她为什么要说分手啊？

12

穆玖坐在地板上倚着床睡着了，三花挥着爪子挠了她好久才把她叫醒，醒来愣了好半天才反应过来是手机响了。抓起手机一看，不是骆清宁打来的电话。

仍然是那个学弟，那个被骆清宁比得一无是处的人。

学弟也是用情至深，穆玖考研他就跟着考研，穆玖找工作他就找工作，三不五时地给穆玖送零食。穆玖不接受，那学弟就把零食堆在穆玖门外，每每过个节日，门外就是一大束玫瑰花。

骆清宁不是个浪漫的人，穆玖在这方面也没有特别多的想法。可偶尔看到学弟堆在外面的玫瑰花，又会想到她和骆清宁，那么远的距离，这么坚持下去到底是对是错。

穆玖决定跟学弟好好谈谈。

自然，吃饭的时候穆玖义正词严地拒绝了学弟，并且让学弟不要再来找她。

那学弟却笑了，双手交叉放在桌前，脸上带着笑，眼睛里却是满满的对穆玖坚持这份异地恋的不屑。

“这两年你们谈异地恋跟分手有什么区别？退一万步来说，即便你们真的彼此喜欢，那他会为了你回来吗？还是你会放弃这边的学业和工作过去找他？你考虑过未来吗？你们的坚持有进展吗？”

学弟的问题句句戳心，穆玖皱着眉头喝咖啡，好半天没说话。就在学弟以为自己策反成功的时候，穆玖却看着学弟，忽而笑了。

骆清宁不浪漫，还有着她所不能理解的高冷和严肃感，如学弟所说，他不能陪在自己身边，也没有说要为了自己回来。可是有什么办法呢，他是骆清宁啊。

“没关系啊，只要他不跟我分手，我就能一直喜欢他，一直等他。”

13

两年前骆清宁把决定去国外读研的想法跟穆玖说了之后，穆玖没做什么反应，笑了笑，拍拍骆清宁的肩膀说了声“好”，晚上回家自己蒙着被子哭了一宿。她当然知道骆清宁的这个决定并不意味着要跟她分手，只是怕距离将她对骆清宁的“太喜欢”冲淡成了“喜欢”，最后消磨殆尽。

骆清宁大约是知道她的担忧，走的那天把她拽到一边，恶狠狠地告诉她。

“要是敢一天不跟我视频你就死定了！”

穆玖笑着笑着，眼睛就红了，抱了抱骆清宁，点头，又听到那人声音哽咽。

“等我。”

她一直都在等啊，一天、两天……一年、两年，可你，在哪里呢？

14

穆玖同骆清宁这一冷静就是两天，穆玖没有联系骆清宁，那人也没有。跟学弟谈完回来后，穆玖拿出手机给骆清宁打电话，她不喜欢冷战，两天的反思已经够长了，她等不了了。

三花趴在穆玖脚边，看到穆玖一遍遍地发消息，打电话，从一开始的屏气凝神，到后来的气急败坏。电话那端却始终安安静静的，没有任何回应。穆玖红着眼，也不知道怎么了，大约是太生气、太心急，鬼使神差地编辑了“我们分手吧”。她还没想好要不要发出去，三花突然一爪子挥过来，拍在穆玖手上，“分手”短信就这么毫无防备地发出去了。

穆玖彻底傻了眼，看看手机，又看看三花，扯着嗓子“哇”一声哭了出来。

穆玖咧着嘴朝三花嚷嚷：“都怪你都怪你！我还没有想好！我不要跟他分手！”

三花后退了两步，看着穆玖有些头疼。它刚刚只是想安慰她来着，作为堂堂大王，它就是想伸爪象征性地安慰一下穆玖，那死女人在说什么？居然在怪它？！

Excuseme？

穆玖盯着手机屏幕良久，心一横，想着发出去就发出去了，反正也无可挽回了，干脆关了手机、电脑，收起一切联系方式，整理了一下材料就要出门。她走到门口的时候看了一眼三花，瞪她一眼。

“我出门了，你给我好好在家里反省！”

三花晃了晃脖子，觉得自己好无辜。

穆玖出门的时候正赶上宋毅过来找她，穆玖没时间搭理他，打老远朝他挥手。

“我今儿没空，有事改天再来。”

宋毅正纳闷呢，紧走两步到穆玖跟前，说：“我正想找你呢，清宁他……”

“别跟我提他，”穆玖白了他一眼，就又往前走，“我们分手了。”

“哈？”宋毅一时间有些发懵，回过神来才看到穆玖又走远了些，赶忙给骆清宁打电话，内王八羔子也不知道下没下飞机，居然到现在都是关机状态。

于是急赤白脸地发短信。

“你快点儿的！到了没？哥们儿这回玩笑真开大了嘿，穆玖要跟你分手了！”

然后把手机揣进口袋，小跑着追穆玖。

“玖儿你听我说！这都是误会！清宁他回来了！”

如果不是突然来了一阵阴风，加上穆玖正好拦到一辆的士正要上车，也兴许，穆玖就听见了。

爱情的道路上从来就没有一帆风顺，宋毅眼睁睁地看着穆玖坐上出租车离开，抹了一把汗，又替骆清宁叹了口气。

革命尚未成功，清宁还需努力。

15

穆玖来学校是有正事。

她咨询了一下午去美国留学的流程，又记了满满三页纸的笔记，晚上七点回来的时候，已经累到不想说话了。

学弟说得对，异地恋跟单身没有差别。既然骆清宁没有说要为了自己回来，那她为什么不可以退一步，去美国找他呢？

这样想着，坐在公车上的穆玖突然间又开心起来。

总得有付出啊，不管是哪一方，不管是做出了任何牺牲和让步，在爱情里，为什么要计较这些呢？

好像是一下子参悟了很多大道理，下车之后的穆玖几乎是蹦蹦跳跳地回到了小区。走到自己房门口的时候，愣了愣，吓了一跳。

房门口站着一个高高瘦瘦的男生，那人低着头，身形格外熟悉，两只手揣在口袋中，也不知道在想什么，没有半点不耐。

穆玖试着走近两步，那人像是有心灵感应一般，忽而抬起头，看着穆玖，笑了。

“我回来了。”

原本预想的是自己去美国找他，无论如何，重新相见的时候，骆清宁绝对是理亏的一方。可如今那人就这样没有任何防备地站在自己面前，穆玖反而有些不知所措，想起自己给骆清宁发的短信，穆玖又后退了一步。

“你，怎么会回来？”

“我说了计划有变，前些日子没办法回来。”骆清宁耸肩，“变更后的计划是结束所有学业回国……”

穆玖还是没回过神来，眼神呆呆的。

“可是，你没有跟我说……”

“我是想给你个惊喜……还有……”骆清宁伸出胳膊朝穆玖示意，“我想你了。”

16

穆玖遇到了一个难题。

自打骆清宁回国后，虽然他表面上和三花相处良好，但是双方一直维持着一个不远不近的距离。骆清宁对动物皮毛过敏，搞得穆玖也不敢让他们接近，连她自己都要控制同三花接触的时间。

三花在连续三天晚上被穆玖关在卧室外后，终于爆发了，趁着某天月黑风高穆玖出来上厕所的时候，悄悄潜入卧室，跳上了穆玖的床。

骆清宁：“啊啊啊啊啊啊！”

三花：“嗷嗷嗷嗷嗷嗷！”

“怎么了？！怎么了？！”

穆玖从厕所冲到卧室的时候，却看到骆清宁抱着三花，一人一猫维持着一个格外怪异却又看不出究竟哪里不和谐的神奇姿势。

骆清宁的镇定是强装出来的，三花怕是对瘦瘦高高的骆清宁也有忌惮。穆玖怔了片刻，从骆清宁怀里抱起三花，低头看一眼骆清宁，那人的手臂上起了一层鸡皮疙瘩。

“要不，”穆玖咬着嘴唇有些为难，“我赶明儿把三花送走……”

没等穆玖说完，骆清宁忽然大叫了一声说：“穆玖你看！因为是你的猫，我居然对它不过敏！”

17

骆清宁忽然想起穆玖给自己发的短信来，遂问：“我那天上飞机后手机关机，后来就没电了，这几天忙得没有看短信，你给我发啥了？”

“哈？”穆玖这才想起自己发的“分手”短信，先骆清宁一步夺过手机，扔到沙发上，自己抓着头发嘿嘿嘿，说，“没啥，都是些有的没的，不看也罢。”

骆清宁瞪了穆玖一眼，“我可不信。”

穆玖和骆清宁在客厅里因为一个手机你拦我挡的时候，三花已经备好干粮，从窝里出来了。虽然在穆玖这里住的时间不长，可多少也有些舍不得。有什么办法呢，它已经待腻了，而且，它顶不喜欢骆清宁这个巨大的宠物！

凭什么他要比自己受宠！

愚蠢的人类！

三花看一眼身后两人打闹的模样，摇摇头，干脆跳上沙发，叼起沙发上的手机慢慢走远，留给身后两人一个潇洒的背影。

深藏功与名。

你能模仿一下啄木鸟吗？”

怎么模仿？”

就拿我的脸当树。”

四 那个男人，她爱他

01

自打三花无故地离家出走之后，穆玖游荡在附近方圆十里找了好久，甚至发动四邻，还跑去派出所说是家猫被偷。折腾了一大圈，猫没找着，穆玖却差点累病了。

穆玖躺在床上哎呦哎呦地直叹气，一边叹气，一边感叹自己和三花的缘分已尽。

骆清宁给她端来热水，安慰她说："花花本来就不情愿跟你的，你们天生八字就不合。它违背天性跟你在一起这一段时间，也算是仁至义尽了，你就安心让它走吧。"

穆玖叼着体温计，幽幽地看了骆清宁一眼。

骆清宁回国的这些日子，穆玖越来越觉得他的男朋友由闷骚变为明骚了。尤其是在明骚又孤傲的三花离开以后，骆清宁可以分裂到同时扮演她的宠物和男朋友。

这不科学，毕竟穆玖喜欢的，是那只货真价实的三花。

"可是我那么喜欢它，虽然我以前因为你对它的毛过敏，想过要把它送走，可那个想法到底也没有实现啊。"

骆清宁从穆玖嘴里取走体温计，看了一眼，三十七度五，皱了皱眉。

"你可以再养一只啊。"说着站起来给穆玖找退烧药。

"可以吗？"穆玖眼睛一亮，看着骆清宁的背影又撇了撇嘴，"你不是不喜欢动物吗？我还怎么养猫啊……"

"喵——"骆清宁转身朝穆玖学了一声猫叫。

看吧，摊手。

02

穆玖虽然表面上大大咧咧，但她还是个特别感性的人。

尤其是在骆清宁回国后，迅速在一家世界五百强的企业找到了一份高薪工作，而自己选择留校任教，拿着微薄的工资后，就变得更加脆弱起来。

有一天晚上骆清宁加班回家后，看到穆玖一个人坐在电视前嘤嘤嘤地哭，赶忙过去问她怎么了。穆玖指着电视里哭得一塌糊涂的张柏芝又嘤嘤嘤地说，真的太感人了。

骆清宁难得没嫌弃穆玖因为看电影流的泪。

以前看《喜剧之王》的时候，不懂为什么张柏芝会在周星驰说出那句“我养你啊”之后哭得一塌糊涂。现在年纪越来越大，也越来越成熟，好像突然一下子懂得了。

即便是自己一无所有，那种想要对方留在自己身边，保护对方的想法，依然格外强烈。

从卫生间回来后，骆清宁又远远地看了穆玖一眼，那人还在抹眼泪，大概是被戳中了某个点，停不下来。

“要不，”骆清宁考虑了一下措辞，走到穆玖身边蹲下，“我们结婚吧。”

穆玖顿了一下，哭得更厉害了。

“你应该说我养你啊，嘤嘤嘤……”

“……”

03

结婚是两个人自作主张商量好的，可冷静下来穆玖又觉得不成。自己家里有两个视女如命的老父老母，这么早就把他们二位的女儿嫁出去，等于扒了他们的皮。穆玖跟骆清宁把这一棘手情况说了说，又说要不等两年。骆清宁没说好，也没说不好，只是周末穆玖回家时，骆清宁买了果篮和补品，就跟着一起去了。

穆玖原本有些尴尬来着，开了门刚要介绍一下，却看到自己的老父老母看到骆清宁时眼睛亮了亮。尤其是自己那个老父亲，拉着骆清宁就进门，说：“清宁啊，这么久都不来，快，我们去下盘棋。”

穆玖母亲不乐意了，说：“孩子好不容易来一趟，想跟我们说说话，你怎么又拉他下棋啊？”

穆玖懵了，问自个儿爸妈：“我是不是来得不是时候？这到底发生了什么？”

只能说骆清宁和自个儿爸妈伪装得太好，穆玖居然完全不知道。骆清宁打大学期间就经常背着自己以“穆玖男朋友”的名义三不五时地来家里坐坐，出国后也经常跟二老视频。倒是穆玖，个把月才回来一次，这么一比，差距就出来了。

吃饭的时候，还没等穆玖和骆清宁提，自个儿母亲倒是先发话了，说“你们俩也毕业了，什么时候把事办了，我们也算是完成任务了不是！”

骆清宁偏过头看了穆玖一眼，斜着嘴角笑了笑，阴恻恻的，又看着穆玖母亲说：“阿姨，我跟穆玖说过几次了，可是穆玖觉得不急……”

“什么叫不急啊？”穆玖父亲拍桌子，“等我们死了你就着急了是不是？！”

这说的叫什么话啊？突然生气了？穆玖于是举双手。

“结结结，我们这不就回来拿户口本了嘛。”

穆玖话一出口，自己父亲突然站起来跟骆清宁击了个掌。穆玖深深地觉得，自己是被父母合起伙来卖了。

04

穆玖床底下放了一个带锁的箱子，最近每个晚上都拿出来看一看，模样很悲伤。有几次是在骆清宁睡着后偷偷地打开，还有几次是趁骆清宁加班没有回来的时候，瞒得特别隐秘。

有一次骆清宁回来早了，开门后看到穆玖正慌慌张张地往床底下藏箱子，眼角跳了跳，假装没看到，问她：“在做什么？”

穆玖支支吾吾，眼球转了好几圈，又突然往床上一躺，说：“我困了，要睡了。”

骆清宁挑眉，说：“你睡。”

第二天早上，骆清宁早早地出了门，在公司转了一圈，琢磨着穆玖这个时候应该去学校了，又匆匆赶回家，小心翼翼地从床底下把穆玖锁着的小箱子搬出来放在桌子上，皱着眉头绕着箱子走了好几圈，想里面到底是什么东西。

前男友的照片？暗恋男生的情书？还是某些限制级的东西？

不管是哪一种，骆清宁都觉得自己的头顶绿油油的。

从口袋里掏出昨天晚上从穆玖口袋里偷来的钥匙，骆清宁屏住呼吸，闭着眼睛打开了箱子。

小心翼翼地看了一眼，骆清宁扑哧一声笑出来。

箱子里全部都是穆玖喜欢的欧巴的专辑海报和小卡，最上面还有穆玖煞有介事写的一段话。

欧巴，我要嫁人了，你这么久都不来娶我，我已经找到比你更好的人了。

不要来找我，记得我们曾经爱过，就够了。

这是有多怕他看到，居然还用锁给锁起来？

05

穆玖还是把自己嫁了。

婚礼那天，骆清宁看着穆玖穿着婚纱站在红毯的另一端，突然就很想走过去抱抱她。他往前走了半步，被身边的宋毅拽住了，那人促狭地朝他眨眼，说："你猴急啥？"

骆清宁白了他一眼，甩开宋毅的胳膊，坚持走到穆玖身边。穆玖一愣，朝他摇头，说："你的位置在那边，应该是我走过去。"

"不！"骆清宁一眨不眨地看着她，朝她摇头，"你不用朝我走过来，未来的每一步，我都会向着你走来。"

穆玖就笑了，眼睛里还泛着点泪花。

06

骆清宁作为一个狮子座的北方大老爷们儿，大男子主义个性格外明显。出去吃饭，点餐从来不问穆玖的意见，这个那个那个这个地就点完了。虽然他点的菜多半都是穆玖喜欢吃的东西，可时间一长，穆玖就觉得自己格外没有存在感。

于是某一天，穆玖抱怨道："你就不能每次稍微考虑一下我的感受，问一问我的意见？"

骆清宁明白了，下次吃饭的时候主动问她："你想吃点什么？"

穆玖低着头玩手机，听到骆清宁的话头也不抬，"随便。"

"那你要喝什么？"

"随便，你看着点。"

骆清宁大约是憋着气点完的，服务员一走，那人立刻站起来抽走穆玖手里的手机。

"你都'随便'了，为什么还要我问你？我直接点了不就好了吗？"

"那可不一样。"穆玖振振有词，"你问我，表明你心里有我，尊重我；我说随便，是因为我相信你。"

骆清宁听后撇了撇嘴，虽然心里不服，可是想想好像还是有那么一些道理。

于是在经过N多次的询问后，画风是这样的。

穆玖有些恨铁不成钢地看着骆清宁，说："你能不能有点自己的主见？！每次吃饭都要问我，我要是知道，还要你点吗？"

骆清宁弹了穆玖一个脑蹦儿。

就说不惯她这臭毛病。

07

骆清宁和穆玖结婚后，宋毅看着就更羡慕了，说他们是他身边异地恋首个成功的案例，也许还是唯一的一个。大家偶尔一起吃饭的时候，宋毅就会贱兮兮地感叹单身的日子多么美好，再酸溜溜地问骆清宁说："你就说玖儿除了那张嘴能瞎掰扯，其他到底哪点值得你骆大少爷看上的？"

骆清宁还算诚实，宋毅问得多了，他就一本正经地回答。

“她不好啊，脾气大，心眼儿小，又爱哭鼻子，为人师表还丧心病狂地追星，长得没那么好看，身材也不特别好……”

“打住打住！”宋毅打断骆清宁的话说，“那可不至于啊！玖儿还不至于像你说得这么一无是处。她脾气不大，心眼儿也不小，不爱哭，至少在我面前没怎么哭过，长得应该说也不差吧，要是太差，你也不会喜欢不是……”

骆清宁就笑，说：“可是在我眼里，她就是这样的……”

“喂！”穆玖不满意，瞪着眼睛问他，“你好歹也说一个我的优点吧？”

某人笑了笑，点头，说：“好好好，你最大的优点就是眼光好，找了这么一个优秀的丈夫。”

穆玖：“啊呸！”

骆清宁嘴角噙着笑，理了理穆玖额上凌乱的刘海。

“幸好你眼光好，把我找到了，否则我孤孤单单的，可怎么办啊！”

08

骆清宁和穆玖不是没吵过架，最严重的一次，是上大学的时候。一个据说是英语系系花的女生追骆清宁追得紧，每天起早送早餐，送甜点，外加发甜蜜短信。骆清宁打篮球的时候，女生就一个钟头一个钟头地坐在看台上，给骆清宁加油。

也不知道怎么的，这件事被穆玖的室友知道了，添油加醋地告诉了穆玖，还说那女生已经小三上位，跟骆清宁彻底好上了。

穆玖一开始不相信，因为骆清宁那段日子根本就没有任何反常。她没有检查男朋友手机的习惯，再加上自己又是个死宅，所以消息来源自然是闭塞了些。

直到某天，室友拍到了骆清宁和那个女生在一起的画面，虽然画质模糊，可仍能看出骆清宁对那女生眉开眼笑的一张脸。

穆玖好像不大能见到骆清宁这样笑得人畜无害的表情，回过神把手机摔到床上，拽着其中一个室友的胳膊就问有刀吗，她要去砍了这对狗男女。

自习课，骆清宁来自习室找她，穆玖全程黑脸，愣是一句话也没跟骆清宁说。直到后来骆清宁有些憋不住了，拽着穆玖的胳膊出了自习室，脸色也不好看，瞪着眼睛问她："你又怎么了？"

不是穆玖敏感，在当时的情况下，骆清宁用"又"字来贯穿这个疑问句，就好像是在告诉她，她一直都是这样无理取闹的人。

所以说现在有问题的那个人是她喽？

穆玖把手里自习的笔记本摔到地上，又特意把室友打印出来给她壮胆的照片摔到骆清宁身上，说了一句"去找你的系花吧"，就捂着脸跑了。

事后证明，骆清宁眉开眼笑的原因是刚刚进了两个三分球，系花所在的位置，正是骆清宁投三分球的地方。

骆清宁看到照片后大约也明白了穆玖生气的原因，可能是生气穆玖居然不相信自己，也没有过去追。

这个误会一持续就是三天，穆玖没有给骆清宁打电话，骆清宁也没来找她澄清误会。宋毅找到穆玖的时候，穆玖已经打定主意要跟骆清宁分手了。

由此可见，每到关键时候，宋毅总能起到至关重要的作用。

"你怎么来了？"

穆玖以为宋毅是骆清宁找来当说客的，直觉就是不想听。

宋毅也不磨叽，见着穆玖，开门见山地说："你可快去医院见你们家骆清宁最后一面吧，要是去晚了，估计你这辈子都见不到他了……"

穆玖一听，急了，站起来朝宋毅嚷嚷："你说什么？他怎么了？哦不是，他现在在哪里？"

去医院的路上，宋毅皱着眉头说了骆清宁苟延残喘的现状。

"病了，躺在医院吊了两天水了，不吃不喝也不说话，躺在床上跟死人一样……"

穆玖听宋毅说起骆清宁，又听那人说起那天照片的事，低着头，眼泪吧嗒吧嗒地往下掉。

到了医院，冲进病房，发现房间空了，床上空无一人，穆玖“哇”地就哭出来了。也不知道自己是怎么想的，第一反应是骆清宁撑不下去，死了。哭了半天觉得不对劲，转身看到骆清宁端着饭盒倚着房门看穆玖哭，还看得津津有味。

穆玖抹眼泪，指着骆清宁讲话的时候还有些哽咽。

“你……你没死啊？”

骆清宁耸了耸肩，一手拿筷子，一手端饭盒，脸上的表情很是傲娇。

“现在知道跟我吵架的代价有多大了吧？”

看穆玖不说话，那人就放下筷子饭盒，走到穆玖身边抱住她。

“我们和好吧，是我错了，以前我觉得对错是最重要的，现在我终于知道……”

穆玖吸了吸鼻涕，问他：“知道什么？”

“……你才是最重要的。”

骆清宁没说话，一边给穆玖擦眼泪一边想。

在一起的他们，才是最重要的。

09

结婚前穆玖曾经跟着骆清宁回过一次家，算是正式认识骆清宁那边的家人。

骆清宁家里的人很多，他的爷爷有六个兄弟，爸爸又有四个兄弟和两个姊妹，光是骆清宁的同辈就有十几个人。穆玖被骆清宁带回去的那一天，他家里来的人挤满了骆清宁家宽敞的客厅，场面极其壮观。

骆清宁的父亲是个特别儒雅的人，无论是谈吐还是气质都很让人喜欢，老人家大概也是喜欢穆玖，特意给穆玖写了一幅字，穆玖喜欢得不得了。

吃饭的时候，骆清宁看着拿着字爱不释手的穆玖，小声地说：“他是因为想省红包的钱才送给你的。”

穆玖白了骆清宁一眼。

哼，吃不着葡萄说葡萄酸。

骆清宁有个十来岁的堂弟，吃饭的时候跟骆清宁挨着，头发被剃成了光头，坐在椅子上一直摇啊摇的。穆玖给他夹菜的时候，那孩子就眯着眼睛对着她嘿嘿嘿地笑，一脸痴汉的表情。

中间大家谈话中断了半分钟，堂弟突然咬着勺子，一本正经地问骆清宁：“哥哥，这个姐姐是不是你经常画的那个姐姐啊？”

众人哄笑，骆清宁红着脸，梗着脖子有些不好意思，说：“你小孩子别瞎说，我画的全是赫本，全世界人民的女神。”

骆清宁他爸低着头吃饭，听到骆清宁的话忽然笑了，插嘴说：“咱家都是文化人，你当谁不认识赫本呢。”

骆清宁梗着脖子看穆玖，“赫本，你认识她吗？”

10

骆清宁和他的父亲很喜欢互相拆台。说来也怪，原本在外面高冷装 × 的骆清宁，一回到家里，就跟变了个人似的，会拆自个儿老爸的台，会在家人面前秀恩爱，也会因为某些事跟长辈撒撒娇，整个人好像变得格外鲜活起来。

晚上一家人在客厅里聊天，骆清宁他爸言谈举止都格外有魅力。穆玖托着腮听着，就跟做了一个美好的梦似的。骆清宁一脸嫌弃地拍了拍她，又跟自己父亲嚷嚷：“爸，你别说了，穆玖还在呢，你就不能衬托衬托你儿子。”

骆清宁他爸就朝穆玖笑笑，很温暖的样子。

穆玖那晚上都在跟骆清宁夸他老爸，说：“我以前觉得你就挺完美的了，可一看你爸，我就觉得这个世界简直不可思议，天底下，怎么会有这么美好的人。”

骆清宁白了穆玖一眼，说："你不要想什么奇怪的事，我到他这岁数会比他更美好。"

穆玖呵呵呵地笑，"我这是在感叹！真的，这么多年，我也不是没见过有知识的长辈，像学校那些教授，一个个就像老学究，无论是风度、气质，还是谈吐，都及不上你爸……"

"是啊，"骆清宁摊手，很无奈地笑笑，"所有的人都说他好。可那么好的人，还是有人不要他。"

穆玖知道骆清宁说的是谁，一下子又不知道说些什么来安慰他，或者怎么叉开话题。那人觉察出来，又朝穆玖笑。

"没事啦，我只是感慨一下，更何况，我早就不需要她了。"

后来穆玖看刘若英的一次访谈节目，她正在宣传自己的新歌，说有些亲爱的会变成路人，而有些路人会变成亲爱的。穆玖听了格外感慨，自己和骆清宁从路人变成亲爱的，穆玖觉得自己何其幸运。

那时候骆清宁正在外面出差，穆玖半夜一个电话打过去，碎碎念了，说了好久都不肯挂电话，说我这人从小就运气好，随便买个彩票都能中五块钱。所以对未来我一直是充满信心的，我一直觉得我还会有更大的好运气，直到遇到了你。

那端的骆清宁插嘴，"你是说遇到了我，就把你这一辈子的好运都用光了？"

穆玖笑了，点了点头，说："可是这样，我也很感激。"

那端的骆清宁也笑，说："我这人除了长得帅，身材好一点，能力高一点，赚钱多一点，基本上就没有什么好的了……"

穆玖："这还不够……"

"可是我自从认识你，好像未来的一切都光明了。我发现，我拥有的那些所有好的不好的，因为有你，统统都变得格外美好起来。"

11

穆玖暑假的时候待在家里特无聊，就撺掇着骆清宁跟她一起去旅游。刚好骆清宁他们公司组织员工出去玩，骆清宁就暗戳戳地帮自己和穆玖报了名，没告诉穆玖，回家后一边吃饭一边听那人绞尽脑汁地劝自己出去玩。

“不用请很长的假。真的，只要两三天，我们又不出国，是吧？就在附近某个地方转一转。你看你最近忙的，皱纹都一条一条地出来了，也得出去放松不是？”

骆清宁面不改色，一本正经地拒绝，“可是我最近在谈一个项目，非常重要……”末了看穆玖一眼，又加了一句，“能赚很多钱。”

穆玖就不说话了，心里盘算着一个人出去玩，留骆清宁在家里赚钱的想法好像也不错。

“那这样的话……”穆玖伸出食指在桌子上画圈，显得格外不好意思，“你就在家安心工作赚钱，我就一个人出国玩了……”

“你敢！”骆清宁一拍桌子，“不准一个人去！”

“放心啦，我还有同事的。”

骆清宁黑脸，“你外面是不是有什么别的人急着去见啊？”

穆玖双手合十，脸上的表情一片陶醉，“我要去见我的欧巴。”

骆清宁瞪了她一眼，从口袋里掏出两张机票扔在穆玖面前。

“公司组织去韩国旅游，这周五走。”

穆玖愣了愣，接过机票又反反复复看了好几遍，突然站起来跑到骆清宁身边“吧唧”就是一口，又攥着机票开心地转圈，一边转一边“嘿嘿嘿”地傻笑。

“我也就是说一说，你真的要跟我去韩国，你不是最讨厌那里吗？”

骆清宁还沉浸在穆玖猝不及防的吻里，听到穆玖的话，指着自己的另外半张脸问她：“这边你不吻就不对称了啊？耍流氓你也得公平啊。”

穆玖嘿嘿嘿地笑，有点不好意思。

“好吧，看你带我去见我欧巴的份上……”

骆清宁幽幽地放下筷子，“我已经打听好了，你欧巴在开巡回演唱会，我们去的时候，他很不凑巧的，要去东南亚……”

12

坐飞机，穆玖看到骆清宁的同事带着自己一个特别可爱的女儿过来。那小女孩特别有礼貌，见到骆清宁喊哥哥，对着她喊阿姨，一副甜甜的模样，特别乖巧。骆清宁喜欢得不得了，一直在夸小女孩特聪明，会喊人。

穆玖想了想，问骆清宁："你喜欢男孩还是女孩？"

骆清宁也想了想，看着穆玖，"喜欢你。"

"我是问你喜欢男孩儿还是女孩儿。"

骆清宁摊手，"我喜欢你啊。"

"你总得有自己的喜好吧？"

"没有，只要是你生的，都喜欢。"

穆玖还准备跟他讲道理，逼他说一个来着，可再想一想，又觉得很开心。

13

大家都对穆玖和骆清宁毕业就结婚这种情况不能理解，一路都在问他们是怎么认识的，然后为什么年纪轻轻就结婚了。

穆玖："我们已经不年轻了嘿，我们是研究生毕业后在一起的。"

骆清宁："高中的时候我们找人算了一卦，算命先生说我们是天作之合。"

14

穆玖有认床的习惯，出来睡总也睡不好，来了两天，逛街吃饭之后，基本上就觉得没什么意思了，一直嚷嚷着地方小，还是社会主义好，闹着要回去。

骆清宁不知道哪里听来的消息，拽着穆玖去了南山塔挂情人锁，还兴冲冲地跟穆玖说这锁很灵验的，有什么心愿挂上就灵了。穆玖本来没什么兴趣，听骆清宁一说特灵验，立刻来了精神，买锁的时候格外积极，一定要挑最贵最大的。骆清宁看她来劲了，问她要许什么愿。穆玖双手合十，看着骆清宁，眼睛一闪一闪地发亮。

“我要我欧巴回来见我……”

骆清宁嘴角抽搐了一下，把情人锁从穆玖手里夺过去，说什么也要换一把。

穆玖站在骆清宁身后，看着他细致小心地挂上锁，又细细地把印有他们名字的那一面摆正，末了也不知道在想什么，盯着那把情人锁发了好大一会儿呆。

也不知道为什么那刻穆玖特别感动，往前迈了一步，伸出胳膊圈住骆清宁的腰，脸贴在他的背上长久地叹了口气。

“我突然发现我真的好幸运啊，遇到了这么好的你，就算我那么喜欢我欧巴，你也喜欢我……”

骆清宁不说话，抬起手覆上穆玖的手，听她絮叨。

“我有很多缺点，爱发脾气，莫名其妙会生气，也会冲你无理取闹，虽然你也有不耐烦的时候，可更多的时候都是你主动跟我认错。比起我爱你，我最想说的，还是谢谢你……”

“比起‘谢谢你’”，骆清宁转过身看着穆玖，“我还是更希望你说‘我爱你’，这个，比什么都要重要。”

15

在首尔待了没几天，骆清宁带着穆玖去了江南的狎鸥亭逛，还没逛十分钟，穆玖就不想走了，拉着骆清宁站在一边看美女。

“你快看快看，韩国真的好多美女啊！你快看你左边那个，皮肤好，眼睛又大，腿还那么长！”

骆清宁满脸黑线，但又不想破坏穆玖的好兴致，只得点头附和。

“是啊是啊，好看，年轻有活力，脸上满满的都是胶原蛋白。”

穆玖回过神来，听到骆清宁居然当着她的面在夸别的女孩，当时就不乐意了，瞪了骆清宁一眼。

“你懂什么？！你看她们脸上都是打的玻尿酸，你看那山根都快把额头戳破了，还有内胸，里面都是硅胶……”

骆清宁忍着笑，说：“没有啊，我觉得都是真的，你再仔细看看。”

穆玖看着看着忧伤了，看骆清宁一眼，说：“要不，我也去找大夫打个针……”

“你敢！”

16

旅游回来后骆清宁又要去出差。那人各种不愿意，走之前磨磨蹭蹭，趁着穆玖去洗手间的时候，飞快地往自己箱子里放了穆玖经常穿的几件衣服和两套睡衣。穆玖从洗手间出来，骆清宁已经合上箱子，若无其事地坐在床边。

“我还没给你整理呢，你自己就收拾好啦。”

骆清宁点了点头，眼睛亮亮地看穆玖，“你跟我一起去。”

“你出差我去干吗？”穆玖觉得有些好笑，说，“你是不是嫉妒我有暑假啊？”

骆清宁就没话说了，提着箱子走到门口，又转头，“那你送我到机场。”

穆玖就摊手，“那好吧。”

一路上骆清宁好像很高兴的样子，一直哼歌。穆玖听着很不爽，问他：“要出差了你很开心吗？”

“开心啊！”骆清宁继续哼歌，顺便一只手牵起了穆玖的手，“我夫人能跟我一起出差，我很开心。”

“谁要跟你一起出差啊！”穆玖听着好笑，朝他摇头，“我是看你可怜，才过来送你的……”

“那你再可怜可怜我，跟我一起去呗。”

“……可是我什么都没带啊。”

“我帮你带了。”

穆玖据理力争，“我去了根本一点作用也没有啊，又帮不了你，自己也很无聊。”

“我会想你的。”

骆清宁一本正经地看着穆玖。

17

穆玖记性差，忘性大，很多值得回忆、值得珍藏的过去，都在如流水般的日子里匆匆地过去了，好的坏的，都一并忘记了。

这当然不是一件值得歌颂的事，毕竟在时光飞逝的日子里，难能可贵的只有过去。于是穆玖不止一次地想要为骆清宁做点什么，能给骆清宁留下珍贵的记忆，无论日后发生怎样的惊喜、多大的难过都无法覆盖的感动，只是想了很久，穆玖都没想到任何可行的主意。

说得矫情点儿，她觉得骆清宁是上帝安排在她身边的天使，是唯一的，无论自己犯什么天理不容的大错，那个天使也不会离开自己。

虽然那个唯一的天使脾气差了一点，面相冷了一点。

也许，穆玖突然灵光一闪，她觉得他们需要一个孩子……

骆清宁天生怕冷，一到冬天就不喜欢出门，一出门就里三层外三层地裹上。穆玖笑话他，那人反驳，我就是穿三层羽绒服也比你穿一件大衣瘦。

穆玖一到冬天体重就飘忽不定，一张脸胖嘟嘟的，骆清宁总拿这个笑话她。当然，这个冬天穆玖能被骆清宁笑话的根源，是她怀了宝宝。

骆清宁要去超市给穆玖买水果，刚开门，迎面就撞上一股冷风。骆清宁被吓了回来，转头看到穆玖在穿衣服，急急地跑到穆玖身边扶着她。

“你要去哪啊？不是让你在床上躺着吗？”

“拜托，”穆玖翻了个白眼，“我已经三天没出门了，你就让我出去走一走吧。”

“可是……”

“没什么可是的。”穆玖穿了件厚厚的羽绒服，回头看一眼骆清宁身上略微单薄的大衣，招呼他，“过来。”

他皱着眉头走过去，穆玖已经从衣柜里拿出厚厚的羽绒服，一边絮絮叨叨地说他不知道照顾自己，一边给他细细地穿上。她想了想，又拿起一条围巾围在骆清宁的脖子上。末了穆玖拍了拍骆清宁的肩膀，说：“好了，骆式伉俪，出门放风喽。”

骆清宁突然伸手抱起穆玖，头搭在穆玖的脖颈里蹭啊蹭。

说：“穆玖，没有我，你可怎么办啊。”

“真的，好喜欢你啊。”

骆清宁不会说什么甜言蜜语，所有他们那个年纪该有的浪漫该有的情话他都没有，偶尔一句“我喜欢你”就能让穆玖眼泪盈眶。不是从骆清宁嘴里说出这些话有多么难，而是明明是再普通不过的情话，被骆清宁说出来，穆玖就觉得这辈子都值了，那是她的爱人，也是她的命。

从十七岁到二十七岁，十年的时间说长不长，说短不短，可就在这说长不长、说短不短的光阴里，他们的生命里也来来往往地经过了这么多人。有的人仍然是路人，有的人变成了朋友，关系不近不远的有，不共戴天的也有。却只有他们，牢牢地抓着彼此手中的红线，变成了彼此生命中最最重要的亲爱的。

那个人，儿时骂着她“笨死了”，成年后抱着她说“我真的好喜欢你啊”。

那个男人。

她爱他。

后记 爱你是我做过的最重要的决定

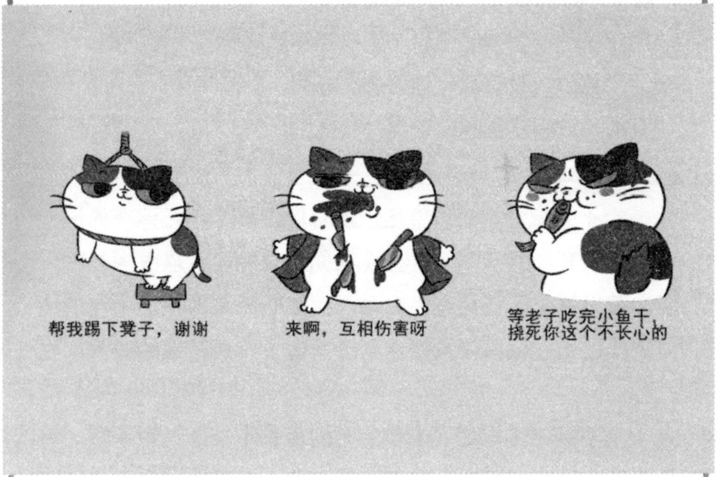

所有人都说我很坚强，

只有你劝我别逞强。

你为什么那么喜欢他？
感觉他blingbling的会发光
你确定你说的
不是如来吗？

01

骆清宁还是带着穆玖去看了她欧巴的演唱会。

这一次，骆清宁很识趣地帮穆玖收集了她欧巴的周边、海报，看着穆玖在观众席鬼哭狼嚎，骆清宁还是忍不住小声嘟囔："也不怎么样嘛。"

穆玖急了，红着眼圈瞪骆清宁，"不许你这么说屋里亲亲欧巴！"

"好好好，"骆清宁失笑，掏出纸巾给穆玖擦眼泪，"我不说。以后每年我都带你来看他们的演唱会，一直到你老了，走不动了，你想来的时候，我们就坐着轮椅来……"

穆玖一听，眼泪又吧嗒吧嗒地往下掉。

"可是我老了，欧巴们就不喜欢我了。"这么说完，她又眼泪涟涟地看骆清宁，"怎么办？"

骆清宁摸了摸穆玖的头，眼睛里温柔得像有一汪水。

"傻瓜，我也会陪你一起老啊。你的欧巴不喜欢你了，我们就拄着拐质问他们，直到他们重新喜欢你。"

穆玖何其敏感，埋在心里的不安全感不肯跟骆清宁说，怎么都不说，只能用这样的方式来委婉表达。

可是他都知道。

她的骆清宁，其实都知道。

02

某一日，骆少爷表情凝重，看着穆玖一脸严肃。

"你不爱我。"

穆玖懵，"官人何出此言啊？"

骆清宁把自己的手机扔到穆玖面前，一脸愤愤，"你朋友圈都没有我的照片！都是三花！全是三花！"

穆玖有点头疼，揉了揉眉心，"不是说秀恩爱死得快嘛。"

骆少爷捂耳朵，“我不听我不听，我长得就这么让你觉得丢人吗？”

穆玖没辙，拿出自个儿手机往骆清宁面前一丢，“那你自己发。”

骆清宁喜滋滋地接过穆玖手机，千挑万选，找了张两个人的合照发朋友圈。

照片说明：我和我帅气迷人的男朋友。

穆玖：“@#$%^&*()^*^&*……”

03

骆清宁不浪漫，从来记不得彼此的生日、纪念日及所有小女生都理所应当地认为该送玫瑰花的节日。

唯独记得的，是穆玖每个月的生理期。

每每这个时候，骆清宁都会变成操碎了心的大叔，絮絮叨叨地嘱咐穆玖不要碰凉水，不要吃冰淇淋，多喝红糖水，吃红枣。每个月的那几天，穆玖都觉得自己像是在坐月子。

有几次穆玖痛经，在床上打滚，疼得死去活来。骆清宁在一边，跟着急得脸色发白。

“你的表情也太难看了，又不是你疼。”

“我真恨不得替你疼。”

穆玖耍小孩子脾气，趴在床上指着骆清宁，“那你替我疼。”

骆清宁被穆玖的逻辑气乐了，学着穆玖的样子往床上一趴，说“好疼好疼好疼啊”。

穆玖也笑，喝着骆清宁端来的红糖水，想着自己刚刚耍赖的模样，又踹了骆清宁一脚。

“天底下，只有你能容忍我吧。”

“不不，”骆清宁摇头，“是我只想容忍一个你。”

04

周末天气好，穆玖难得没有赖床，跑到厨房叮叮当当地做起饭来。

骆清宁起来的时候，穆玖已经端着早饭从厨房出来了，看到他起来，笑眯眯地招呼他吃早饭。

除了煎蛋有些糊之外，穆玖的早餐，做得无可挑剔。

骆清宁吃好早饭，双手撑着下巴，眼睛一眨不眨地盯着穆玖。

穆玖被盯出了一身鸡皮疙瘩，瞪他一眼，说："你怎么老用一种色色的眼神看我？"

骆清宁打哈哈，说："你看今天太阳晒得人很暖和啊。"

"……是啊。"

"刚刚吃了早饭，肚子也很饱啊。"

"……所以呢……"

骆清宁笑得阴险，"古人不是说了嘛，饱暖思淫欲……"

擦！这个大色狼！

05

和朋友玩真心话大冒险。

穆玖和骆清宁接连失利，朋友们对他们二人宽容，问出的问题暧昧中又隐隐地带着些感人的意味。

对穆玖来说，骆清宁是什么？

我的爱。

对骆清宁来说，穆玖是什么？

我的命。

穆玖问骆清宁，这两者有区别吗？

有啊，骆清宁笑，爱有很多种，命只有一条。

三花扛着小包裹离开了陆笙。临走之前对众猫说。

但是不知道为什么，每次三花说完星辰大海都会被揍

有本事单挑
!

苏城居然还能看见星星，真好

花花花花花
?!

这女的怎么又找过来了

找到你了

三花总觉得这个女人很危险
走开

进去

宠物医院
!!

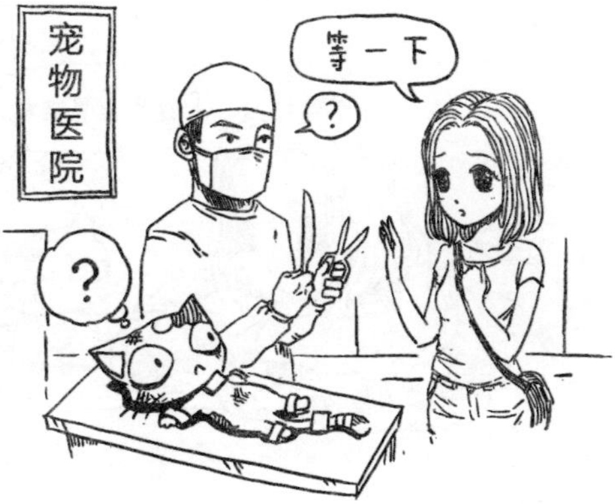
宠物医院
等一下
?
?

咔嚓
茄子
……

穆玫每天都对着一个方块balabala说个不停

前男友的照片？
暗恋男生的情书？

哐

欧巴，我要嫁人了，你这么久都不来娶我，
我已经找到比你更好的人了。
不要来找我，记得我们曾经爱过，就够了。

老大，欧巴是谁爸？
你爸

你不爱我
官人何出此言啊?

你朋友圈都没有我的照片!
都是三花! 全是三花!

不是说秀恩爱死得快嘛. 而且说出来你可能不信, 这些都是三花自己拍的.
我确实不信

那你自己发吧

我和我帅气迷人的男朋友
“@#$%^&*
()^*^&*……

夜深人静
咔擦

晚安早睡少熬夜

序

俞夏说：“乔颜回，我们来玩过家家吧，我当爸爸，你当妈妈。”

“我是男的。”

“那你当哥哥。”

乔颜回摇头。

“那当弟……”

“还是当妈妈吧。”

许多年之后，俞夏问乔颜回，为什么宁愿当妈妈也不当哥哥。

乔公子一面整理手里的文件一面说“因为不想让别人当你的老公，老婆也不行。”

一 你是我的岁月静好，我做你的别来无恙

“老板，来碗酸辣粉，不要酸辣不要粉。”

“客人，你的碗！”

01

猫一到冬天就会觉得活不下去，即便如三花这种吃苦耐劳、拿皮肉不当回事的东西也一样。

这一年的冬天特别冷，大雪封门，冰凌满树，雪幕之下，积雪永远没过脚上的靴子。

它已经三天三夜没吃过东西了。

只是三花没有看过《白毛女》，道不出杨白劳饥寒交迫、没米下锅的窘迫。

抱着一心等死的心情矗立在风中，它将自己脑补成了一只威风凛凛的将军，甚至连心情都带了几分英勇就义的成分。

俞夏就是在这个时候踩了它的尾巴的。跌跌撞撞，慌慌张张，腿脚还不怎么利索，袋子里的泡面稀里哗啦地砸了三花一头。

三花疼死了，但是忍着没动，它应该是希望对方能有点眼力见儿。

但是没有。

俞夏只顾着捡泡面，嘴里骂骂咧咧，带出一长串的祖宗。鞋底子一拧，拧出一声痛心疾首的猫叫。

三花几乎要跟她拼命了，上身前倾，做出一个攻击的姿势，却听到俞夏说："哎呦，哪里来的小乖乖？快要冷死了吧？"它彻底放弃了敌意。

三花当然是不想死的，至少不想这么白白冻死。所以它回忆着之前在穆玖家蹭吃蹭喝、耍贱卖萌的本事，笨拙地躺在地上，对俞夏卖了个乖。

但是因为并不擅长这种东西，又长了张太过高冷的猫脸，以至于俞夏觉得这猫不是什么正经东西，捡起东西掉头就跑。

三花真的怒了，在它不长不短的喵生中，还没有哪个人类敢如此羞辱它的自尊。凭借着仅剩的三分力气奋起直追，它必须要让这个二货知道，看它卖萌不是那么容易的。

02

俞夏是个神神道道的小说家，年纪不大不小，毕业以后就进了一家工作室做图书编辑，闲暇时也写写小说。生活过得扎扎实实，工资不高不低，除了长相以外，处处都像个爷们儿。

只是爷们儿前几天练瑜伽把腿拧着了，正处在打着石膏休养期间，因此三花那四只爪子没费多大劲儿就追上了一个瘸子。

门堪堪地开出一条小缝，三花就窜进去了，难得没有张牙舞爪耍一通派头，进去以后就闷声不响地靠着暖气片站着。

俞夏跟它大眼对猫眼地看了一会儿，皱着眉头回身换了套破棉袄，兜头盖脸地将自己盖得挺严实。她手里一根拖布棍子在三花脚边左捅一下，右捅一下。

然而三花根本不想理她，眯着眼睛矗在暖气片前，坚固得抠都抠不下来。

那应该是没有攻击性的。

确定了这一点后，俞夏决定由着它去。

她脚上趿着拖鞋，一蹦一挪地蹭到了厨房。

不多时，整个屋子都遍布一股浓郁的老坛酸菜味儿。

俞夏从厨房蹭出来，一手端着碗，一手挑着面条往嘴里吸溜着，热气哄得她整张脸都是红彤彤的。

这样的场景放在三花的猫眼里，无疑就是一种凌迟。

显然三花饿了很久了。更显然，俞夏没有要喂它的自觉。为了让俞夏能有这份自觉，三花弓着身子龇出猫牙，对着面碗发出一阵痛心疾首的哀嚎。

俞夏终于抽空看了一眼三花，手指在手机上迅速按下几个拼音。

“猫能不能吃方便面？”

百度答案：

1、大姐，有点常识没有啊？会肾衰竭的。

2、要是不担心它油盐过度，就往死里喂啊。

3、方便面，喵星人最强悍的脱发剂。

更有热心的网友回复时还附上了自家猫掉毛前和掉毛后的照片。

俞夏眯着眼睛跟三花对比了一下，果断拨通了顾青青的电话。

她还不想落下一个给流浪猫脱毛的名声。

03

俞夏这次掰断腿的事儿没敢跟家里人说，大半的工资都花在了石膏上，剩下的一小半全部买了泡面。

她对三花说：“这是老娘所有的资产。你再等一会儿吧，我让顾青青给你买了猫粮。”

三花哪里懂什么资产，卷着尾巴在屋里转了好几圈，几乎不想在这个家待了，当然，前提是它能找到比这里更暖和的地方的话。

顾青青在电话里答应得挺痛快，来得也快，俞夏一碗面没吸溜几口就听到了开门声。

这所公寓的钥匙，顾青青一直都有一把。

俞夏听见动静也懒得起身，抱着手里的方便面，一面吓唬三花，一面扬声招呼。

“来了啊，赶紧给这个畜生喂点东西，它好像要吃了我。”

耳朵里是清晰的关门声。

只是今天的顾青青显得格外慢条斯理，翻了好一会儿鞋柜也没有走过来。

“我的鞋呢？”隔了一会儿，一道低沉的男声传入耳际。声线很好听，不是特别温和，甚至带了些清冷，绕进耳朵里还有种别样的舒服。俞夏对这个声音一点也不陌生，却着实吓了一大跳。她见鬼一般转头瞪着来人，惊讶道：“你怎么来了？”

“我怎么不能来？”男人似乎有些没好气儿，俊朗的眉眼微微皱起，随手将围巾丢到她脸上。

“我的鞋呢？”

他似乎特别介意这件事儿。

俞夏就指指鞋柜上挂着小锁的格子。

“钥匙在倒数第二个抽屉里。”

“你藏我鞋干吗？”

“这不是……怕落土嘛。”

“一个星期没来，能落多少土？”

俞夏没吭声，吸溜吸溜地挑着面条吃，看上去很专注的样子。

她没敢告诉乔颜回，那是上次她同事要来，她特意藏起来的。

本来嘛，一个二十四岁的大姑娘家里放着双男士拖鞋，就算实话实说，这东西是我一块长大的青梅竹马的，我们两个之间是纯洁的开裆裤友谊，也是没什么二百五愿意相信的。

更何况，她这个竹马的性格又那么讨人厌，以至于她瘸了也不想叫他来帮忙。

04

乔颜回说：“顾青青在电话里说你快要下肢瘫痪了，我瞧着还是挺灵泛的。”

他说的灵泛，指的是俞夏阻止他将泡面扔到垃圾桶里的过程，当然，阻止未果。最可气的是，俞夏摔在他脚边儿时，还被走回来的乔公子奚落了一句。

“想碰瓷儿？”俞夏现在完全没有好气儿，对着他翻了一个硕大的白眼，说：“顾青青有病啊？干吗叫你过来？就算她赶着约会不能晚点来吗？有异性没人性。还有，你凭什么把我的泡面全扔了？你闻不了这个味儿，别人都不准吃了？”

乔颜回嘴角微弯，笑得挺不是东西的。

“防腐剂吃多了会得老年痴呆，你想提前把大米饭塞到鼻孔里吗？”

气得俞夏额角一跳一跳的。

乔颜回一直坚定不移，觉得她老了以后是一定会痴呆的，即便她每天二斤核桃地吃。

俞夏气死了，挥着拳头就往上冲，却被乔公子轻松撂倒。撂倒的姿势自然毫无美感可言，以至于乔颜回都懒得看她。他一面卷着袖子进厨房，一面头也不回地说："把你盆里的东西倒了，半个小时之后吃饭。"

俞夏盯着手里的半碗泡面，感受着额角青筋的跳动，从牙缝中挤出一个字："盆？"

05

俞夏其实很多次都想跟乔颜回绝交。

但又不得不承认，乔颜回十分懂得照顾人。除了嘴贱，他一直都是比她亲爹还要靠谱的存在。最重要的是，这货做的一手好饭，所以即便手里的东西被形容成"盆"，俞夏还是决定先忍气吞声。

俞夏一直都知道自己识相。

三花也是。

自从得了乔公子带来的猫粮以后就不闹腾了。毕竟是寄人篱下，吾皇即便骄傲，偶尔也会有微服私访的自觉，给吃给喝就会稍微温顺一点。

但是它觉得俞夏就没有那么好命了。依照三花的看法，她的"猫粮"被进来的那个男人全部扔掉了，俞夏就只能看着它吃。

这让三花很紧张，并且决定，如果这个刁民胆敢来抢自己的猫粮，就给她一爪子。

俞夏大概也懂它的意思的，白眼一翻甩下一句："我尝过这个，没有狗粮好吃，你吃过狗粮吗？"

三花："……"

没吃过。

06

俞夏是个自主意识很强烈、又懒散之极的人。用她自己的话说，创造艺术的人是不需要人理解的，就像梵高永远梳不顺的头发和工藤新一长不高的个头。艺术家的气质，一般人能懂么？

也就是腿上刚打了石膏躺在病床上的时候吧，顾青青就指着电视机上《百万脑瘫拯救计划》对俞夏说过："国家还没有放弃你们，留个电话号码吧。"

俞夏直接回了个后脑勺给她。

顾青青就一遍一遍地念叨。

"一想到我男神是跟你这个疯子在一起长大的，我就觉得巴心巴肺地疼。你能不能跟我说说，你们两个到底是怎么玩到一起去的？"

每当这个时候，俞夏都会选择沉默，因为就算她告诉顾青青，乔颜回只是看上去像个"人"，私底下特别不是个东西也是徒劳。

不知道为什么，外面的人都坚定不移地认为，乔公子是个风度、气度都暖如温玉的人。

真是活见了鬼了。

不过，厨艺除外。这也是俞夏唯一觉得可以用来维系两人革命友谊的东西。

07

一碗热气腾腾的砂锅粥，鸡汤做底，一小把芹菜沫，一点点耳菜。俞夏喝到舔起了碗边的程度，就连三花也跳起来抢了半碗。

食困。

这是每一个生性懒散的动物都会犯的毛病。盘腿窝在沙发里，俞夏和三花都瘫软成了两坨烂泥。

俞夏扒着沙发靠背说："颜回，那碗放着吧，等下我再洗。"

乔颜回收拾着桌面的残局，闻言喉咙里发出一声嗤笑。

"等到碗里长毛吗？瘸子不用干活。"

声音还算温润，倒不像是责备了。从俞夏的角度可以看到他弯起的眼角和高挺的鼻梁。

好一双张扬的桃花眼啊。俞夏咂了砸嘴巴，说："你现在倒是比小时候笑得多了，我刚认识你那会儿差点以为你是面瘫。"

乔公子抽空瞥了她一眼，冷哼，"那是小时候看傻子笑多了，担心会变成另一个傻子。"

"我那是友好！"

08

认识乔公子那年，俞夏六岁，正是乳牙逐渐被正齿取代，掉得豁牙露齿的年纪。

她应该是要去那处许久没住过人的院子探险的，结果一只脚还没翻过墙头，就看到了坐在院子里吃糖块的乔颜回。

乔公子小时候的长相，确实可以用得上粉雕玉琢来形容。模样生得乖巧，皮肤比她还白，多少让身为女孩儿的俞姑娘内心有点小挫败。

但是她想吃他手里的麦芽糖，这就需要表现出一些友好了。

俞夏自认为是个懂得讨巧卖乖的孩子，至少能将大院的公公婆婆哄得哈哈大笑。

鉴于刚掉的两颗门牙，她并不想给人留下一个说话漏风的印象，就咧着嘴角，露出了一个友善度很高的笑容。

但是，太友善了。

让乔颜回误以为她是个傻子，抬头看了一会儿，转身就走了。

09

俞夏小时候住的地方，是军区疗养院的大院，里面的公公婆婆都是有级别的退休干部，楼层都不高，她家住在一楼，房前还有一间小院，用来养花种草。

俞夏跟爷爷奶奶住，乔颜回也是。两家都住一楼，一个院墙之隔，所以很快就熟起来。

但是俞夏一直觉得乔颜回难相处，不论自己对他笑成什么样，他总是不温不火的样子。

他好像也不喜欢住在这里，每天放学后都会跑到大院门口站上一会儿。

他告诉俞夏，他在等他爸妈接他回去。

俞夏就盘腿坐在地上陪着他一块等，结果当然是等不到的，因为俞夏听爷爷说过，乔颜回的爸妈出国做生意去了。

出国？

那应该是很远的地方吧。

有那么几次，俞夏都想对乔颜回说，别等了，他们就算会回来，也要好久好久了。

但是俞夏一直忍着没说，只是每天每天陪在乔颜回身边。

因为那么大的院门，那么小的背影，一个人的话，会很寂寞。

10

俞夏不知道为什么会想跟乔颜回成为好朋友，大院里的孩子分明那么多。

她仔细想了很久。

可能乔颜回是他们之中唯一一个流了鼻涕会用手绢仔仔细细擦掉的孩子吧。俞夏都是用胳膊，然后在风干起皮之后，被乔公子一脸嫌弃地扯到水池边上洗干净。

小孩儿都是特别皮的，弹个玻璃球，玩个过家家都是一身的土。

乔颜回从来不会，就算真的弄脏了，也要马上回家换套新的。

俞夏也是在很久以后才知道，那个龟毛的性子叫洁癖的。

有次俞夏跟他吵架，怎么吵起来的已经记不清了。只知道自己当时特别生气，又说不过乔颜回，鼻涕眼泪流了一脸，扯过他的袖子擦了个干净。

乔颜回足有一个月没搭理她。

11

跟许多六七岁的孩子一样，俞夏拥有许多毛绒玩具和儿童图书。

看完之后从来不会整理，都是随手扔在书桌或者床边了事。

乔颜回第一次来俞夏家做客的时候，就一直盯着那堆东西看，确定自己不收拾实在待不下去，撸着胳膊把书全扔到地上，丢了一张床单在上面盖着，眼不见为净。这逼得俞夏每次请他来家里做客，都要把桌面整理干净，生怕这位公子爷一个不顺心，直接把这些顺窗户抛出去。

那个时候的小孩儿还不懂上网，对星座也没什么概念。不然俞夏一定会注册一个账户，跟广大网友一起吐槽。

处女男是一个多么神奇的存在。

12

每个小孩子的心里都有一个英雄。

在《西游记》横扫电视屏幕的当口，许多孩子都疯狂迷恋上了那个一根金箍棒群挑整个天庭的花果山古惑仔孙悟空。

放学以后，随便在地上捡根木条在手里七甩八甩的，单脚往地上一跺，好像真能上天似的。

俞夏也喜欢这种游戏，只不过她更愿意扮观音菩萨，因为孙悟空再牛也得拜她。

一根柳条插在塑料水瓶里，眉心戳上一个红点，披着家里的窗帘布能玩上一整天。

乔颜回是她唯一的观众。

本来俞夏是想让他装孙悟空的。

可惜乔公子从来不屑于这种无聊的游戏，被唠叨得烦了，就一脸不耐烦地问："你见过平头的观音菩萨吗？"

气得俞夏一溜烟儿跑回家里，跟她爸大吵了一架。

就在不久前，她的过肩长发因为她亲爹梳不好马尾，一气之下齐根给剪了。

俞爸爸的原话是"我当时不是问过你，不梳头发了行不行，你说行，我才剪的。"

天地良心，不梳头发跟剪平头是一个概念吗？

13

俞夏的爸妈是在她三岁的时候离婚的。

三岁，对于一个孩子来说是没有什么太深的记忆的。她想不起一家三口在一起的好，也就更加记不清三个人不在一起时的坏。总之，俞夏三岁以后就没见过自己的妈了。

俞夏的爸爸终日在外面忙，偶尔回来，会给她买很多零食，谁家的孩子都不能欺负她。

这就养刁了俞姑娘的脾气，在外俨然成了一个横行霸道的大院女土匪。

只是女土匪四肢健全，智商却有所欠缺，上到二年级了，还不怎么识数。

这话说起来，也不能完全怪罪俞夏的智商不高。毕竟，一个六岁就上了二年级的姑娘，想要跟上十位数的加减乘除，实在是难为她了，何况她还不聪明。

而这货死活非要上二年级的原因是，她想跟乔颜回一个班。

乔颜回比俞夏大一岁，本来两人同上一年级，依照俞夏那个智商，勉勉强强能跟得上的。

谁承想乔颜回因为学前考试优异，直接跳级，上了二年级。

开学的前一天，乔公子破天荒地搬着小板凳找俞夏谈了次话。

不大的小院里，伴着果香的葡萄架下，小男孩拉着小女孩的手第一次用那样认真的语气说：

“二年级不让掰脚趾头算算数。”

言下之意就是，你这点智商还是去学前班吧，跟着我凑什么热闹。

俞夏听完以后就急了，脸红脖子粗地跺着脚说：“谁掰脚趾头了？我爸给我买牙签了，我现在数牙签能数明白。”

乔公子摇摇头，“考试的时候不让带牙签。哪有二年级还不识数的，你真笨。”

俞夏气得葡萄都不吃了，大晚上窝在家里，直哭到扁桃体发炎，说什么也要跟乔颜回上同一个年级。

最后还是俞夏的爷爷托了关系，才勉强把她塞进去的。

在俞夏长大后的许多个岁月里，都在后悔当年的这个决定，她深以为，自己如果没有受乔颜回激将法的蛊惑，是绝对不会犯这个傻的。

乔公子对于这样的控诉倒是供认不讳。

“但是俞夏，你的数学是谁从小学一路补到高中的？”

还真说不上是谁坑了谁。

14

同上一所小学以后，俞夏跟乔颜回的关系也没亲密到哪里去。用俞夏的话说，那就是个喂不熟的白眼狼，你给他吃再多小浣熊干脆面，他也顶多还你一个调料包。

乔大公子对于这种说法只有四个字的评价——

“恬不知耻。”

他说：“俞夏，如果一个人每天拿着你的早饭钱去买小浣熊，拿到水浒卡后随手塞你一嘴方便面，你应该连调料包都不会给吧？”

俞夏表示，无言以对。

而且乔颜回小学毕业后就拒绝吃方便面了，饿死了也不吃，说闻到那个味道就想吐。

15

俞夏的成绩一直不上不下，眼见着乔颜回胳膊上挂着三道杠到处晃荡，心里总是愤愤难平的。

校运动会的时候，俞夏让她爸买了一堆花篮，终于通过变相走后门的方式，当上了一道杠的劳动委员。

也是因为这么个吃力不讨好的“官儿”，俞夏跟同班的小胖子起了争执。原因是小胖子值日的时候偷懒，不肯好好打扫卫生，被俞夏告了老师。

放学路上，俞夏和乔颜回就被小胖子和几个平时不好好上课的男生堵在路口，指着鼻子骂她是没娘养的孩子，还说她妈跟别的野男人跑了，不要她了。

俞夏当时红着眼圈，一句话也说不出来。倒是闷声不响的乔颜回，二话不说抡着拳头就打了过去。

场面自然是很混乱的。

“双拳难敌四手”这个成语，不用百度也知道。

但是俞夏感觉不出疼，从头至尾，她都被乔颜回死死地护在身下。

她还记得，小胖子的鼻子被乔公子打出了两管鼻血，咧着大嘴哭得鼻涕泡都出来了。

俞夏看情况不对，拉着乔颜回就跑。

两人窝在院里老槐树的土堆边上，挨得紧紧的，胳膊跟手都有些打抖。

在这之前，他们之中谁也没动手打过架，即便如俞夏这种自封的女土匪也一样。

而且俞夏觉得很难受。

她不想被人提起妈妈。

这种不想提起，其实谈不上恨，她甚至记不得她的脸。

但是她记得在法院门口，那个转身离去的背影多么决绝冷硬。决绝到，她想伸手抓一抓她的衣袖都不敢。

那一直都是俞夏幼年时期挥之不去的梦魇。

泪水围着眼圈打转。俞夏并不想让它们掉下来，强忍着吸了一口气。她推了推身边的乔颜回，想要告诉他：下次小胖子再动手，我就让我爸打他爸去。

却发现乔颜回在背着她偷偷地流眼泪。

乔颜回说：“俞夏，以后我当你妈妈吧。”

俞夏强忍的泪水就那么落了下来，抬起袖子，放声大哭。

那个时候还不懂什么叫相依相守，只知道，待在你身边很安心。安心到，可以委屈，可以哭。

16

俞夏有熬夜写小说的习惯，睁开眼睛的时候，三花已经不知道舔了多少次猫盆了。

它想，老子怎么没干脆饿死在外面呢？何苦在这个缺心少肺的女人跟前受罪。

直到俞夏趿拉着拖鞋，浑然不觉地从它身边走过去的时候，三花愤怒了，爪子一抬，直接将猫盆掀翻在地。

不过了！

饿死拉倒！！

俞夏迷迷糊糊地揉了两下眼睛，这才想起来屋里还养着这么一个活物。

冰箱上的便利贴是乔颜回的笔迹，清楚地写着猫粮、猫罐头的位置。

三花终于不用饿死了。

真正要饿死的是俞夏。

她已经没米下锅了。

昨天乔公子走的时候，一共问了三次她有没有钱花。俞夏都答得斩钉截铁："姐们儿银行卡里好几个零呢，毕业两年了，能没点儿积蓄？"

俞夏想，或许人这一辈子，总有那么一瞬，会想打死昨日往死里吹牛的自己。

就像现在的她。

如果上天能再给她一次重来的机会，她一定会真诚无比地告诉乔颜回。

姐们儿银行卡里确实好几个零，但是小数点都在零前面……

冬日的夜晚总是到来得很快，五六点钟天已经黑到需要手电筒这个工具了。

三花将脸压成一个饼子，死死地贴在窗户上，眼见俞夏穿着一身宝蓝色大妈家居服，犹豫地站在垃圾桶旁边。

三花想，如果她敢将泡面从桶里捡出来，它一定给她一爪子。

好在俞夏只是在桶边站着，一头乱糟糟的长发，嘴巴一动一动的，应该是在骂乔颜回的祖宗。

三花经历过两任女主人，一路流浪过来也算是有些见识的。俞夏的长相算是很漂亮的，就是不懂得捯饬，冷眼一瞅，跟随时准备去跳广场舞的大妈似的。这实在是个不太能辨认出是少女还是少妇的身影，停在不远处的那辆车的主人却能准确无误地认出她。

车上的远光灯闪了两下，车窗打下来，露出了乔颜回棱角分明的脸。

三花知道，那辆车已经停在那里很久了，车顶已经落了一层薄薄的积雪。俞夏也看到了乔颜回，两两对视之下，俞夏扯了两下衣角，没有说话，眉毛挑得一高一低。乔颜回也没开口，手指搭在方向盘上静静地注视她，像一个耐性极好的老者，静静地品着一壶不太好喝的茶。不是茶不好，而是水太烫，因此要比一比耐性。

两人就这么瞪着眼睛看了好一会儿，还是俞夏最先撑不住，摸着咕噜噜作响的肚子，没好气地说："你怎么来了？"

三花看见乔颜回的嘴角几不可闻地弯了一下，神色淡淡地道："我家的地暖坏了，在你这儿窝两天。"然后不由分说地打开后备箱，拿出一大堆东西往公寓走。

三花在屋里打量着，看到俞夏踢踢踏踏地跟在乔颜回身后，瘸了的那条腿在雪地里拖出一条长长的痕迹。乔颜回并没有刻意等她，步子却迈得比平时慢很多，地上的雪被他踩得很扎实。

路灯将他们的背影拉得很长，随着脚步的轻移，分开又重合。就像七岁那年，她出现在他身边，一同守着的那个孤单的大门一样。归家的路上，两个幼小的背影也是这样亦步亦趋。

俞夏看着地上的脚印，突然想到不久前看到的一句话：等我一贫如洗的时候，你会是我最后的行李。

二 我收藏了一颗小小的太阳，里面有晴天和微笑

“为什么我每次偷看他都会被他发现？”

“因为他一直都在看你啊，笨蛋。”

01

乔颜回说家里的地暖坏了，要在俞夏这儿住两天。但是俞夏住的地方离他公司少说也要一个小时的路程。

俞夏皱着眉头在他身后念叨："你干吗不直接住公司？每天这样来回多不方便。"

乔颜回盘腿坐在地板上，整理着箱子里的东西，头也不抬地说："公司哪有家里舒服。"

俞夏傻傻地看着他。

"这里是我家。"

"你家我睡得少了？"

俞夏想了想，好像是这么回事儿，就进屋逗猫去了。

有的时候，就连俞夏也有点分不清自己跟乔颜回之间到底是个什么关系。

说是亲人吧？他们没有血缘关系。

朋友吧？又比朋友亲近很多。

恋人？

两人从小学开始就手拉手，一拉就是十几年，就算有过小鹿乱撞的时候，也在青春期的道路上活活撞死了。

套用《知乎》上面看到的一句话。

青梅竹马的两个人，从小就待在一处，屋子随便进，电脑随便用，大人麻将打得晚了，就都一个床上睡了，第二天早上迷迷糊糊地穿错袜子的情况都是有的。

俞夏就搞出过这么一次乌龙，体检的时候穿着双鸳鸯袜子就去量身高了。女生这边还没笑话完，就听见男生那边传出一阵爆笑。只是笑完之后，大家的表情又都变得意味深长。

班里有胆大的男生抻着脖子问："俞夏，你怎么穿着乔颜回的袜子？"

俞夏莫名其妙地揉揉鼻子说：“昨天晚上我们俩一起睡的啊。”

小学生的脑子里还没那么多弯弯绕绕，只是觉得好玩，起哄似的学着电视剧里听到的词说，俞夏跟乔颜回穿了对方的袜子，俞夏是乔颜回的小媳妇了。

俞夏大大咧咧惯了，也不管他们说什么，一面拉着乔颜回去角落换袜子，一面数落：“你怎么连袜子也能穿错？”

回答她的是乔公子一记闪亮的白眼，“是你先穿了我的袜子。”

“哦。”俞夏想了一会儿，又问，“为什么穿错了袜子就是你媳妇？”

乔颜回这次没吭声。俞夏歪头看过去的时候，只看见乔颜回紧抿的唇，和蓦然挂到脸上的两抹红晕。

02

吃过晚饭以后，俞夏洗了个澡，收拾干净后，不知怎么看着脏了吧唧的三花不顺眼了。

她打算顺手把它也洗一洗，然而三花自认为放荡不羁的野猫就该埋汰着，死活不肯就范。

一人一猫在浴室里展开了漫长的拉锯战，过程之艰辛自然不必言诉，还没将它摁到盆里，就弄了俞夏一头一脸的水。

乔公子站在浴室门口看了会儿热闹，随手扔了条干毛巾，盖在俞夏头上说：“不想着凉就出来。”

很多时候，乔颜回的耐性都很好，至少比嘴上的耐性好，擦头发的时候从来不会像俞夏那样，揉成乱七八糟的一团。

长发在他手里会被仔细地梳理，然后一层一层地擦干，很少断发。俞夏窝在沙发上背对着他，眯起眼睛的神情，跟吃了罐头的三花一模一样。

乔颜回给俞夏擦头发的习惯也是从小养成的。

说起来，也不是俞家二老不给俞夏擦头发。而是这丫头的性子野，刚洗完头发，不管多冷的天，也是随便一甩就往外跑。当然，她每次跑的都是乔颜回的家。

后来乔公子听说湿头发受了风容易偏头痛，再见到她的时候，就会把俞夏抓过来擦干了再出门。

俞夏那会儿还不乐意，说自己是要当巾帼的人，不在乎这些小病小灾的。乔颜回吓唬说，不擦头发就会得脑癌，她才老实了不少。

她是一直觉得自己的脑子不好用的，因此，不能再不好用了。

长发上滴着的水珠逐渐被毛巾吸干，乔颜回拍了拍俞夏的头。

“去吹干。”

俞夏仰着脑袋看他，想到自己一路被这个只大了她一岁的人照顾到大，莫名多了几分感动。

她说：“颜回，其实你对我挺好的。”

乔颜回侧头看她，笑了，“才知道？”

俞夏重重地点头，“早就知道你好。”

乔公子那天的笑特别温和，揉着她的脑袋轻声问：“有多好？”

“特别特别好。”

“跟谁一样好？”

“我爸。”

然后俞夏就被乔颜回冷着脸发配到一边吹头发去了。

俞夏莫名其妙地站在墙角，觉得这位爷的脾气吧，真是越来越难琢磨了。

03

三花最终还是洗了个澡，乔公子亲自给洗的。

也不知道小爷什么时候买的洗猫袋，把三花的爪子剪得干干净净，四肢都捆成了一个粽子，扔到水盆以后，三花已然是满脸的生无可恋。

它应该是想挠他，奈何“利刃”没了，心有余而爪不足，挠墙的力气也没有。最后也就是扯着嗓子喵呜两声，夹着尾巴去墙角独自窝火去了。

三花并不想承认，潜意识里它是有些怕乔颜回的，即便他看上去比俞夏温和得多。

一个地盘一个领主，三花是在外头混过的猫，它能看出这个家里谁说了算。

三花：我的爪子没了，我再也不是三花了。

04

俞夏的家是一栋一室一厅的公寓，面积不是很大，屋子倒是装得很讲究，暖气片包在一个很像火炉的框架里，正厅旁边还有一个巨大的书柜。半数图书都是《孝庄情史》《慈禧太后秘辛》以及《古代后妃和太监不得不说的二三事》，言简意赅地彰显着主人的品位。

俞夏说，这叫简欧，等姐们儿有钱了，就装个豪欧。

三花连脑袋都懒得转过来，只用眼睛一斜，表示了对这个牛皮的不认同。

俞夏对睡眠质量和窝在哪里犯懒的要求很高，所以客厅的沙发和卧室的大床一直是这个公寓里面最贵的家具。

乔颜回晚上睡客厅。

俞夏看着懒洋洋地靠在沙发上看文件的乔颜回说："当初我说买单人的，你非说双人带头枕的舒服，打的是不是就是这个主意？"

"什么主意？"

"在这儿住的主意。"

乔颜回抽空打量了俞夏一眼，目光扫过她胸前的小直板，翻了一页文件，漫不经心地说："在这儿住能占什么便宜？不要胡说八道了，把我睡衣拿过来。"

俞夏瞪他，"我不拿！吃人家嘴短，拿人家手软，你能不能有点自觉？"

乔公子单手搭在沙发靠背上看着她，看得俞夏特别心虚。

就在刚才，她刚吃了他一顿法式牛排。

还真是，短。

05

乔公子不是第一次在俞夏这里留宿，有的时候应酬晚了，喝得再醉都能准确无误地告诉司机俞夏家的地址。

而俞夏的衣柜里，总是留着一套乔颜回换洗的衣物。

看完资料以后，已经是深夜两点了。乔颜回的神色挂满了疲惫，睡前仍然点了厅前的一盏小灯。他应该是不习惯睡觉时有光的人，合上眼睛之后，眉头总是不自觉地皱起。

但是那盏灯一直亮着，因为俞夏是近视眼，晚上起夜的时候没有灯会摔跤。

习惯有的时候真的很可怕，它会让你忘记自己的喜好，根深蒂固地记着另一个人的坏毛病，记得在很黑的夜晚，为她留一盏浅黄色的灯。

06

自从住到俞夏家里以后，乔颜回每天都要比上班的时间早起一个多小时，准备早餐，叫俞夏起床。中午准时有外卖送到公寓，晚上或许在外面吃，或许在家里做。

作为一个常年熬夜的宅女，俞夏其实是不用吃早饭的。但是乔颜回做了，她就会起来吃。俞夏心里清楚得很，乔颜回这是在为她的别扭买账，她不肯要他的钱，他家的地暖就会一直“坏”下去。

晚上乔颜回回来的时候，俞夏正披着一件缎红色的纱衣装古代人，一支斜插在马尾上的步摇，珠子晃荡得摇摇欲坠，特别不伦不类。

她最近正在写一篇古风小说，女主是战国时代的公主，死爹又死妈，凄惨无比。今天的内容是她被要求殉葬，又从棺材板里爬出来的情节。俞夏总觉得文字不够悲伤，披红挂泪地折腾了一天，吓得三花毛都乍起来了。

但是乔颜回一点也不觉得有什么不妥，习以为常地进门，连脚步都没有停顿一下。

俞夏甩着袖子凑到他跟前说："这位大人可认得本宫？"

乔颜回竟然也配合，摸着她的长发道："你是战国公主。"

"那大人可愿收留本宫？"

"不愿。"

"为何？"

"长得不好。"

俞夏狂跺脚，"剧情不是这么走的，人设里我是绝世美女！"

"谁告诉你的？"

"作者。"

乔公子错开她就往屋里走，俞夏气死了，拖着伤腿一蹦一跳地跟上前去嚷嚷道："你上哪去？饭还没做呢。"

乔颜回慢条斯理地说："饿死作者，你就可以杀青了。"

三花觉得，丫果真是真丈夫，居然能跟这个精神病聊下去，它尊敬他。

07

最后，乔大人还是没有饿死作者。

吃过晚饭之后，战国公主酒足饭饱，却还披着她那身红缎子。

在客厅待了一会儿，俞夏一瘸一拐地走到了乔颜回身边。她还是觉得自己有必要跟他好好谈一谈。她的腿虽然瘸着，拖自己的后腿就够了，乔颜回每日往返都要两个多小时，这样很辛苦。只是直接说俞夏又有些不好意思，就绕了个弯儿，故意文绉绉地说：

"这位大人，借本宫点银子吧，下个月发了俸禄就还给你。"

如果只是为了照顾她的面子，那这样的代价太昂贵了。

乔颜回正坐在沙发上敲电脑，闻言搅了一下手边的咖啡杯，手指勾上杯上的小耳朵，对着俞夏笑了，"本官家徒四壁，无银可借。"

俞夏愣了一下，没想到他会这么说，袍子一掀也坐到了沙发上，"谁人不知大人富可敌国？”

乔颜回摇头，“贪官才能敌国，本官两袖清风，只能与田园南山为伍。”

俞夏觉得额角的青筋又开始跳了，垂头丧气地说：“别闹了，我知道你住在这里是不放心我……我承认我最近……是没什么钱，你借给我就完了。”

乔颜回把电脑一关，换了个舒服的姿势靠在沙发上，问俞夏：“你觉得我像慈善大使？”

“没有。”

“那是看到了我头顶若隐若现的光环？”

“没有。”

“那你凭什么觉得我在救济你？”

乔颜回喝了一口咖啡，摸着俞夏的脑袋，语重心长地说：“人不要太看低自己，你看，我就从来没把你当成乞丐。”

“……我也没有这样想过！”乔颜回一脸哀婉地叹息。

“居然觉得自己连乞丐都不如……”

“……”

俞夏的脸憋得通红，颤抖着拿起手里喂猫的食盆，高举过头对乔颜回说：“你知不知道白素贞在第几集被法海收走的？”

乔颜回捏捏她的脸，“道行这么浅怎么收我呢？去睡吧。”

俞夏泪眼攥拳。

现在已经不奢望能收了，直接砸死可以吗？

其实，乔公子没有告诉过俞夏，他所能想到的所有蜜语甜言，都不是他想要给她的爱情，平平淡淡的陪伴才是无声的情书。虽然，他的陪伴，特别了一些。

08

乔颜回拒绝了俞夏借钱的要求，这多少让她有点意外。但是见天看乔颜回在公寓待得跟自己家一样，俞夏的内心也从一开始的愧疚，转变成了……他家的地暖不会是真的坏了吧？

顾青青对此言论嗤之以鼻，她对俞夏说，你的脑袋是不是被马桶盖夹了？再这么发展下去你干脆别写小说了，直接去拍“粪坑超人”好了。乔颜回这是在追你啊，你怎么连这个也看不出来？

俞夏听后一脸诧异，觉得顾青青一定是跟自己待久了，脑回路也变得不正常了。

她问顾青青：“当初郭凯追你的时候，也是从白天到晚上都在打击你，不起床就用冷毛巾擦脸，不吃早饭就往嘴里硬塞？”

顾青青啧啧摇头，“当然不是，他追我的时候可把我当祖宗。”

“那凭啥乔颜回把我当孙子，你却觉得他在追我？”

“那是因为你在乔颜回面前一直都是孙子啊。”

俞夏瞪眼，“你才是孙子，能不能别一天到晚胡说八道的？”

顾青青拿着桌上的苹果重重咬了一口，“甭管是不是吧，你就说咱们乔公子是凡人吗？从高中到大学，多少女生追他，不用我说你心里也有数吧？但是咱们乔公子就是一天到晚跟你身边腻歪着。高三那会儿他过了钢琴四级，‘车尔尼’全册都学完了，一个月没去学校上课，模拟考试还是全年级第一。当时大伙儿都以为他要报考艺术生呢，结果人家就是弹着玩儿的。他这种人的脑回路，是一般人想得通的吗？你再想想，你毕业以后来北京工作，是不是也是在他潜移默化中影响的？”

俞夏给自己剥了个橙子吃。

毕业那会儿，乔颜回确实一直在她耳朵念叨，北京的出版社很多。

并且列举了无数公司以及发展方向，内容十分详尽。害得她有段时间一直担心他会成为一个跟自己一样的话痨。

事实证明她多虑了。到了北京以后，乔颜回连电话都懒得跟她打了，就是隔三差五地过来，一住就是三五天，顺便留下点换洗衣物、电动牙刷之类的。

顾青青说：“这种恶意刷屏的行为，就是在追你。”

09

俞夏琢磨了一晚上也没想明白。

一个花园中比邻而居的两颗小草，相依为命了这么多年，如果一个真的想要照顾另一个，应该不会等这么多春夏秋冬吧？

俞夏觉得自己一定是小说写多了，才特别喜欢胡思乱想。甭管小爷是脑子跌了什么管吧，俞夏都决定亲手给他做一顿早饭，堪堪算做是……投桃报李吧。并且考虑到乔颜回上班的时间，她特意起了个大早。

但是……太早了，睁开眼睛的时候是凌晨三点。

三花窝在她床头瞪着双大眼珠子看她，实在是不会说人话，不然铁定要问一句：“你有病吧？”

凌晨三点钟吃的是什么饭？

但是醒了，俞夏就躺不下去了，躺在被窝里把菜谱挨个撸了一遍。

片刻之后，厨房里就腾起了袅袅黑烟。

然而这么大费周章的一顿，其实也就是做个鸡蛋炒饭。俞夏折腾了三个多小时，大勺都快炒漏了，浪费了大半锅米饭，总算能看出点眉目来了。

厨房门打开的那一瞬，铺天盖地的焦葱花味儿惨绝人寰地袭来，吓得三花乍着毛冲进去两次，确认厨房是不是被炸了。俞夏居然还挺自得，哼着歌儿转到饭桌边上，全然一副厨神再临、舍我其谁的架势。

三花不知道她从几岁开始变得厚颜无耻的，反正俞夏浑不要脸地指着桌上黄里透黑的炒饭告诉它，自己当初也是做过厨师梦的人，要不是破土而出的小树苗被乔颜回扼杀在摇篮里了，也不至于沦落到只会煮方便面的地步。

10

那时候上初中，俞夏偏科偏得很严重，一张理科试卷拿到手上，分都不知道怎么改。

她确信自己不是读书的料，又不敢跟家里人说。

一次模拟考试，俞夏的语文考了全年级第一，代数、几何再次全军覆没，放学以后窝在教室里，死活不敢回去。

她对乔颜回说："我把分改了吧，就改一点点，别总让我爷爷生气。"

然后拿出水性笔，右手一勾，画了几笔。

"你觉得怎么样？"

乔颜回不吭声。

"高了？"俞夏挠挠头，抬起那个19改成79的卷子，好像是有点多，不太像她平时能发挥出来的水平。

"……要不……改成49？"俞夏自言自语地嘀咕，"会不会太低了？好歹也得及格吧？"

乔颜回直接把她的试卷揣回书包里，出了教室。

他说："俞夏，下次改分的时候别用蓝色水性笔好吗？"

当谁是傻子呢？

那起事件的最终结果就是，俞夏拎着试卷啪嗒一声跪在地板上，老老实实地交代："爷爷，我考试又没及格，分也没改好。"

有一点要说，俞家的教育方式是从来不动手的。但就是因为不动手，俞夏才更怕。俞家老爷子年轻时当过兵，一句话不说，光往那儿一坐，就能压得人喘不上气儿来。

俞夏低头使劲搓手，嗓子眼儿里蚊子似的挤出两句："爷爷您别生气，我不是不想好好学的……就是，不太学得进去。"

老爷子这次被气得不轻，茶碗子在手里转了几圈，一口也咽不下去。

但听了俞夏的话以后，突然就温和了，他问俞夏："学不进去，你想学什么？"

俞夏瞅瞅他，没敢吭声。

"说吧，爷爷不会怪你的。"俞老爷子更温和了几分。

其实俞夏也不知道学什么，满认真地想了一会儿，告诉她爷爷。

“我想当厨师。”

前两天她煮方便面的时候，在里面放了一个皮蛋，感觉特别好吃，骤然觉得自己在这方面的造诣可以得到发挥。

老爷子说：“新东方烹饪学校是吧？”

俞夏傻啦吧唧地点头。但她还没吭出第二声，就被笑得特别和蔼可亲的爷爷关在家里面壁思过了整整一夜。

俞夏也是从那个时候明白的。

在低到谷底的分数面前，认真回答家长的问题是多么愚蠢的一件事情。

真的，很蠢……

11

周末的时候，乔颜回过来给俞夏辅导数学。

俞夏转着笔，无精打采地说：“你知道我最不耐烦数学了，连你也要逼我吗？你看看这些都是什么题？

“一只熊掉到一个陷阱里，陷阱深 19.617 米，下落时间正好 2 秒。求熊的重量是多少？我为什么要求一只熊的重量？正常人遇到熊难道不是扭头就跑吗？我还要计算它多重，我疯了吗？”

乔颜回说：“所以你在答案底下写了‘不求’。”

“昂。”俞夏答得没好气儿，瞪着眼前的卷子恨不得戳出个窟窿。

“我不相信这些东西我以后用得上。”

乔颜回点头。

“你爷爷说你要去新东方。”

突然说到这个问题，俞夏又有点不好意思了，哼哼唧唧地挠了两下脑袋。

“算是吧，我觉得，我胳膊挺有劲儿的，也细心，切菜、颠勺什么的，应该没什么问题。”

乔颜回慢悠悠地说：“那不如去蓝翔。挖掘机、水电焊都需要手头有劲儿。”

俞夏听出乔颜回在奚落她，直接甩了个后脑勺。

“反正我就是想当厨师。”

乔颜回看着她半死不活的样子，拍了拍她的肩膀。

“那我们现在就来谈谈你的想法。你会切土豆丝吗？”

“……”

“会颠勺吗？”

“……”

“你连炸个肉串都要穿棉袄、戴手套，吓哭小孩儿的事儿就不说了。最后肉串炸得就剩下竹签了吧？”

俞夏不服，“这些我都可以学。”

“我知道你可以学。但是很多东西都不是那么容易的，或者我们这样说，你先尝试一下自己有没有切土豆丝的耐性。”

那个下午，俞夏一直都在切土豆丝，或者说是砍。砍到最后，俞夏高举双手对乔公子说：“颜回，我们还是讨论一下熊的重量吧。”

青春期的孩子，总是想要偶尔叛逆一下的。

其实也不是真的想要去新东方，也并不是真的想要学厨师，就是潜意识里对那些一成不变的规矩厌烦了，需要一次小小的宣泄。

而乔颜回总能在这样的时候让俞夏明白，她脑子里的那些乱七八糟的想法只是叛逆，而非理想本身。

12

当然，也有一件事情是乔颜回拦不住的。

俞夏喜欢看小说。

那个时候两个人已经上高中了。

只要午休的铃声一响，俞夏永远是第一个冲出去的。

校门外的不远处有一家书屋，外头摆满了黄冈试卷、金牌辅导。俞夏翻都不翻，每次都是直奔里面的小屋去。

那里面有一片墙那么高的书架，整整齐齐摆放的全部是时下流行的小说。

从可爱淘的《那小子真帅》《狼的诱惑》《壁花少女奇遇记》，到明晓溪的《会有天使替我爱你》《泡沫之夏》，再到郭敬明的《夏至未至》，一面书架，好像圆满了许多人的成长一样。

那个时候的网络文学还没那么盛行，两块钱就能租到一本书一个礼拜的拥有权。

那个时候的郭敬明还没现在这么小资，只是一个踏踏实实的叙述者。

那个时候的饶雪漫，让所有女生都疯狂地迷恋上了坏坏的张漾和放肆、挥霍青春的黎吧啦。

那个时候，大家还不会去用“女主角最后跟她前男友的前女友的前男友在一起了”这种说法去评论《左耳》的结局。

俞夏着了魔一样，疯狂地爱着这些人物。

沧月的《听雪楼》刚出的时候，屋外还下着鹅毛大雪。

她是最怕冷的，却在这样的雪夜里排着长队跑到新华书店，只为买到一本她的签名书。

上课的时候偷偷把别的书压在上面，一面阅读一面摩挲，指尖摩挲过铅字，总觉得带着浓浓陈年往事的陈旧墨香。

后来这件事情被班主任发现了，没收了她的小说。站在走廊被罚站的俞夏，几乎成了把教学楼哭倒的孟姜女。

她对乔颜回说：“那本书很贵的，我攒了好几个月的零用钱才买到的。你帮我跟老师说说，把书还给我好不好？我以后一定不在课堂上看了。”

好学生都是能跟老师说得上话的。

那个时候，那本书对于俞夏的意义，无异于阿凡提和他的小毛驴，或是巴依老爷和他的金币罐，分开了就是抓心挠肺的疼。

但是乔颜回一直沉默，然后甩下一句：“我要回家复习功课了。”

就走了。

俞夏第一次觉得乔颜回很混蛋，是真的混蛋。

13

在那之后，两个人整整三周没有说过话。

俞夏跟乔颜回是同桌，俞夏也是第一次在两人的书桌上画起了三八线。乔颜回的胳膊一过界她就用圆规扎他。

扎得疼了，乔颜回也只是皱眉，一个字也不说。

就这么折腾了两个月。

月考都考完了，俞夏和乔颜回的关系也没有好转。

那一天，俞夏记得很清楚，她正在做值日，许久没有等过她的乔颜回就站在班级门口，斜挎着书包等她。阳光越过他的头顶，在教室的地上落了一地。逆光里的乔颜回，像是一棵安静生长的白杨，清清秀秀的，挺拔地站在那里。

俞夏一直都知道乔颜回好看。但是她的心情不好，眼皮也不想抬，闷声不响地拿着扫把乱扑腾，扫出了一屋子的飞灰。

俞夏的性子其实挺像男孩儿，也没那么爱记仇。书又不是被乔颜回没收的，她生不着他的气。只是这两个月她分明已经主动找他说话了，他却总是爱答不理的。

分明是他先不讲义气的。

俞夏越想越气，灰尘飞得跟她同组打扫的同学都躲出去了。

乔颜回一直靠在门边看着她，良久才打开书包拉链，默默地掏出那本被没收的《听雪楼》。

"老师说，这次月考我能考到全年级第一，就把书给我。"

说完之后乔颜回也不看俞夏，找了个离自己最近的桌面坐着，也不管会不会弄皱铺在书桌上的桌布，只是看着窗外发呆。

俞夏也愣住了，看着那本书，不知怎么眼圈就红了，瞪着眼珠看了老半天，猛地一跺脚，扫把也不要了，几步走过去问乔颜回："就算你要备考，也不至于两个月不理我啊。”

书能比人重要么？她有好几次都想要和好的，好几次……眨巴着眼睛看乔颜回手里的书，又忍不住想要拿，这可是她的命根子。

乔颜回一直拿眼睛睨着她，眼见着这个口是心非的东西往前蹭了又蹭，索性将书往前面递了一下。

俞夏伸手去接。

他又突然将手收了，眼睛微眯。

“我胳膊还疼着呢。”彼时乔公子的嗓子正处在变声期，低沉中有些微的沙哑，说出来的话却是跟他平时少年老成的性格一点也不相称，他瞪着俞夏说，“……你拿圆规扎我的时候是不是太肆无忌惮了点？”

俞夏被他难得的孩子气逗笑了，笑眯眯地说：“那可怎么办呀，要不……小的帮您揉揉？”

乔颜回当真伸出了胳膊，俞夏就像个小奴才似的抿嘴伺候着，揉着揉着，两人又都笑了。

少年人之间的感情总是很容易被修复的，那天的天气很好，微红的夕阳照亮了整个教室，彼此的笑容都有点傻。笑声中，似乎有些什么说不清道不明的东西在恣意生长。像是充斥在玻璃罐里包裹着糖纸的糖果一样，不必剥开也能从想象中品出一份淡淡的甜香。

那是味蕾留在记忆中的味道。

俞夏也是在很久以后才知道，班主任当时还说了一句话：

“如果自习课上再看见你们交头接耳，我就考虑调桌。”

再后来，俞夏跟乔颜回就开始在课堂上传小纸条了。

一次自习课，俞夏被乔颜回“问”道：跑那么快买什么书去了？

俞夏回：我总觉得自己是个傻瓜。

拿给乔颜回以后才想起来，忘记加书名号了。

乔颜回看后很快回了六个大字：我也觉得你是。

14

前段时间，俞夏的奶奶给她打了个电话，大致内容是说，她知道乔颜回搬过去了，有他照顾俞夏，她很安心。

还在末尾小小地建议了一下，是该考虑考虑个人问题了。

俞夏在电话里嘟嘟囔囔地说："您说什么呢？我跟乔颜回就是哥们儿，纯开裆裤的革命友情，您别这么庸俗行吗？"

奶奶在那边笑得挺大声。

"哦，哥们儿啊，那更知根知底，你就跟哥们儿好好过吧。"

呛得俞夏一口气儿险些上不来，一边儿咳嗽着一边给自己倒了碗水："您说话能符合点二零后的特征吗？"

"二零后什么特征？我现在都不耐烦跟那些老骨头玩儿了，她们连《伪装者》都没看过……什么年月了还看《还珠格格》……"

俞夏被老太君噎得没话说，正准备挂电话的时候，听到她慢条斯理地又加了一句："你爷爷就爱看《伪装者》，我看什么他就跟着看什么。要不怎么叫老伴儿呢？人生就那么几十年，能陪你喝茶聊天的，那就是一辈子的伴儿。你看你爷爷会养花，颜回会做饭，都是本事……你爷爷年轻的时候，单位多少女生追他，最后还不是便宜了我。"

俞夏说："奶奶，你是不是做饭又做煳了？"

电话里的声音突然压得很低，"嗯，豆角全粘锅了，你让我再夸他两句，正侧着耳朵听着呢。"

俞夏握着话筒无声地笑了，脑海里勾勒出两个老人相互斗嘴的画面。这样的画面她看了很多年，有的时候置起气来比小孩子还要厉害。奶奶说，她这辈子什么都经历过了，那么长的一辈子，只有爷爷在身边的时候才最安心。

一场"文革"曾经让他们分开过整整十年，这不是一个短暂的时间。俞夏甚至不敢想象，一个母亲是如何在那样的年代里，摸爬滚打地独自拉扯着两个孩子长大的。

如今岁月的痕迹还分明刻在她的脸上，黑发暮雪的老人舒适地靠在葡萄架下的摇椅上，看着不远处的夕阳，笑着对俞夏说：“因为我知道他会回来。”

爱情有的时候就是这样没有道理可讲，它会让你无条件地相信：星星会说话，石头会开花，穿过夏天的木栅栏和冬天的风雪过后，你爱的人一定会抵达。

15

那天挂上电话之后，俞夏又深思了很久。她在思量自己是不是真的像电话里跟奶奶说的那样，真的只拿乔颜回当哥们儿?

也不全是吧。

俞夏摇了摇头，在她青春懵懂的时候，其实也是对乔颜回动过心的。更准确地说，是在那个青涩懵懂的年纪，女孩儿突然学会了欣赏一个异性的好。

台言书盛行的时候已经是高三了，许许多多春心萌动的小女生都开始一遍一遍地往小书屋跑。《冷面神医》《逃婚公主》和《霸道将军》是她们的最爱。

在那个仅仅几句亲吻的描写就会让人脸红心跳的年纪，偶尔掺杂在文字中的一丁点荷尔蒙都是十分要不得的东西。

更何况，那个时候的台言小说，已经有了许多露骨的描写。

台言书的封面是很有代表性的，一张挺漂亮的姑娘的脸，再配上酥胸半露的穿着和迷茫中透出几分风情的眼神，总让人下意识地紧紧扣住封面，生怕被人看见。

俞夏那时候也是偷偷地看，看得脸红心跳，做贼一样。

周末乔颜回来家里给她补课的时候，她正窝在被窝里看到最“精彩”的部分，吓得差点从床上滚下来，语无伦次地说：“你进屋怎么不敲门的？”

乔公子看着她通红的脸，径直走到书桌边儿坐下，用笔敲了敲桌面，一脸莫名其妙地说："我什么时候进屋敲过门了？"

因为是周末，乔颜回穿得很随意，一身浅灰色的运动服舒适妥帖，脚上一双拖鞋还是俞奶奶特意买给他的。俞夏不时用眼梢打量两下，看着他坐在自己的房间，靠在自己的书桌上，穿着跟自己一个花色的拖鞋，一点也不觉得突兀，就像是这个人原本就属于这里一样。

她看见乔颜回的眉头皱了一下，缓慢地走过来坐到她的床头，问道："脸怎么这么红？"

说话间上身前倾，挨得她特别近。

这样的动作要是放在平时，其实也不算什么。

只是俞夏那天刚看了不得了的东西，心里粉红色的小泡泡不知怎么就疯狂地生长了出来，一张脸红得活像一只蒸熟的螃蟹。

乔颜回扭头看她，一直看着，然后倾身过来抓住了她的一缕头发，在俞夏如鼓的心跳声中，轻声问道："几天没洗了？油成这样？"

俞夏扑腾起来的小心脏差一点当场衰竭，恶狠狠地扯回自己的头发，怒道："不要胡说八道，我前天才洗的！！不知道头发洗多了对脑子不好吗？"

乔公子靠在她的床头，漫不经心地说："还能有多不好？"

俞夏："……"

之后当然是起床、洗漱。洗完头发以后，俞夏早就把台言书的事儿忘得一干二净了。跟着一起忘记的，还有一个乔颜回的下意识习惯：

整理。

前面就说过了，乔公子是个看不惯一丁点凌乱的龟毛性子。到了俞夏这里，基本上是眼不见为净的。只是今天赶巧，那本台言书就那么当不当正不正地掉在了地板上。

平心而论，乔公子是从来不屑于翻看俞夏的书的。

因为没有一点深度。

然而那天他实在是想知道这本看起来不正经的书是个什么内容，就翻开了。又正好，是俞夏当时翻到的那页。再然后，俞夏进门，四目相对之下，两个人都涨红了脸，毫无意外的，尴尬了。

之后的辅导时间，两个人都显得心不在焉。

说的人不知道自己说了些什么，听的人不知道听进去多少。

两只胳膊肘不经意间的碰触，都是一阵脸红心跳，像是圆规在胳膊上狠狠戳了一下，半边胳膊都是麻的。

很多时候我们都说，年少的我们是不懂什么是爱情的，青涩、幼稚又毫无理由。可是许多年之后，或许疯狂想要寻找的，正是那份圆规扎过胳膊的悸动。因为17岁爱上，可能是你一生最爱的人，再没有比这份岁月更纯粹了。

16

想到这里，俞夏喝了一大口水，一边摇着脑袋，一边觉得自己脑洞开得不是一般的大，大早上发这种神经。看着时间差不多了，她起身拍了拍乔颜回的肩膀。

“起床了。”

乔公子是个浅眠的人，但是一旦睡着就很不耐烦起来。作为一个从小学到工作都以严谨、守时著称的乔先生，大概只有俞夏一个人知道，他的手机里至少要定下十五个闹钟，五分钟闹一次，并且手机上的时间永远要比准确时间快二十分钟。

这是乔公子留给自己发呆的时间。

很多人都会提到起床气这个东西，俞夏不知道乔颜回算不算有。他起床以后不会发脾气，也不赖床，只是喜欢盯着一个地方发呆。

有的时候是桌角，有的时候是天花板。这一次发呆的地方，是俞夏的脸。

“早。”很久以后，乔颜回对着俞夏说了第一句话，声音里还带着将醒未醒的沙哑，特别孩子气。

俞夏摸摸他的脑袋，觉得迷迷糊糊的乔颜回看上去真好欺负，一边儿顺着“毛”一边说：“乖儿，娘亲给你做了早饭，快起来吃吧。”

乔公子乖觉地看了她一会儿，末了被子一掀，干脆利落地留了两个字。

“不吃。”

留下石化中的俞夏，直接进了洗漱间。

从嘴贱的角度分析，俞夏确实一次也没有赢过。

17

与此同时，三花一直都在盯着桌上那碗蛋炒饭发呆。

它觉得家里的这个女人一定是疯了，这么一堆乌漆墨黑的东西，要是有母猫敢叼过来给它吃，它一定抓花它们的脸。

但是俞夏真的就这么端给乔颜回了。

而乔颜回，也只在初尝的几口皱了两下眉头，最后还是吃得一干二净。

俞夏说：“我第一次做，味道……还可以吧？”

乔颜回觉得自己似乎看到了“一只”疑似讨好的宠物嘴脸。他想了一会儿，安抚地拍了拍她的脑袋。

“还不错。”

俞夏的眼睛几乎亮出了星星，激动地说：“那我以后每天早上都做给你吃啊？”

乔公子本来在找车钥匙，听到这句话之后整个背影都僵硬了。

他说：“俞夏，我刚才只是在客套，你别当真啊。”

“乔颜回！！”

俞夏慢半拍地反应过来，乔颜回已经下楼了。她对着窗户一声怒吼：“下次别想老娘再做给你吃！”

楼下的乔公子坐在车里，握着方向盘，手指无意识地敲了两下，感觉身心都挺愉悦，心底无声地回了一句，“那我做给你吃吧。”

18

俞夏的腿只是韧带拉伤，敲掉石膏之后整个人都有一种身轻如燕的感觉。

三花眼见着这个女人在家里上蹿下跳，烦死了。心说你是窜天猴吗？地球都容不下你了是不？还在我面前嘚瑟，老子一个纵跃能跳到房顶那么高。

但是外头的天气一直不好，大风小嚎的，以至于三花没有那么高的兴致在一个二货面前表现自己的能力。所以，它跳到了天花板的吊灯上，打碎了无数灯泡，导致俞夏拿着拖布棍子追了它一个下午。

乔颜回回来的时候，两个人都是一副筋疲力尽的模样。

俞夏看了看时间，问："这么晚才回来？"

乔颜回将公文包递给她，一脸正色道："朝中事忙，端盏茶给本官喝。"

俞夏挤对他："想得美。"

俞夏明天就要去公司上班了，临去前刚好接到一笔不菲的稿费。晚饭两个人是在外面吃的，餐桌上，俞小姐挺大气地一挥钱包，"可劲儿点，有钱。"

乔颜回也配合得很，抬手就点了道大菜。

那一顿饭，俞夏吃得特别开心，因为是自己的钱，所以花得特别坦然。

顾青青时常说她，人家乔颜回一个地产商的儿子，在乎你这几个钱？吃他几顿你有什么好抹不开面子的，小时候你花他早饭买干脆面的时候，也没见你不好意思啊。

俞夏说，那不一样啊。

真的不一样。

或许是性格使然吧，在俞夏的观念里，她很不习惯伸手问人要钱。腿伤了的这段时间，她虽然接受着乔颜回的"补给"，但潜意识里，还是带着一份不自在。

乔颜回的钱，再多也是自己赚的。

而她不是四体不勤，她也可以靠自己的能力赚钱，即便不多，也不至于养活不了自己。

俞夏有时候很蠢，但是一直都很要强。

顾青青说，她不理解为什么俞夏会有这样的纠结。

在她看来，两个熟成这样的人，实在没必要在钱上生分。而且就乔颜回那个性子，竟然都没发飙？

处女那么大男子主义的一个星座，最忌讳的就是出门让女生花钱吧？

俞夏听后只是笑。

如果一个人足够了解你，那么你所有的小心思都会变成他的心照不宣。

人生，总是难得有知己的。

19

乔颜回是校草，从初中到大学一直顶着这个玉树临风的光环。

学习成绩优异，还弹的一手好钢琴。哦，对了，在他爸妈回来以后，他还多了一个富二代的头衔。

即便他自己并不是很想要。

俞夏那个时候，时常在上学的时候坐着乔家的车一起过来。只不过越长大，心里对这件事情的抵触也越强烈。

因为学校里的同学都开始议论，那个搭上富二代的女孩儿是谁啊？

她爸爸好像就是一个在街口小巷子卖牛奶的。

她们家还养牛，她爸爸穿得可脏了，一身的牛屎味儿。

高中时期的女孩子，已经学会为一个优秀的男孩儿去排挤和中伤他身边的女孩儿了。

俞夏自然也不例外。

那段时间，她几乎是全校女生的公敌。

但是俞夏从来不觉得有一个卖牛奶的爸爸是一件多么丢人的事情，她非常不喜欢别人用那样鄙夷的语气去谈论自己的父亲。她还想告诉他们，那些牛真的很可爱，用手摸摸它们的头，它们还会“哞哞”地对你叫。

但是这些她都不曾说出来，也从没解释过自己跟乔颜回的关系。

在俞夏看来，有些事情既然背了锅，那就一直背着吧。

既然都已经被人认成了事实，我也得给你们添点儿堵不是。

只是，俞夏再也不坐乔家的车了。

穿上干干净净的校服，俞夏骑上自己老爸买的自行车，哼着周杰伦的歌儿，十几分钟就能到学校了，那样的阳光、朝露和徜徉在清晨的花香，让人觉得无比自在。

那一天，乔颜回没有在家门口等到她，差一点就迟到了。

上课的时候，两个人都没跟对方说话。俞夏隐隐觉得乔颜回有些生气，但依然没有出声，她还没想好怎么跟他解释不愿意坐乔家车这件事。

放学以后，俞夏收拾东西收拾得很快，生怕乔颜回问她什么，装好书包就冲到了车棚。

跨上车子之后，车筐里突然丢进来一只书包，乔颜回的。

俞夏还没来得及反应，就赫然感觉车后座一沉，乔颜回将两条长腿叉在地上，专注玩着手里的魔方，漫不经心地说“明天一起骑车吧？”

俞夏诧异地转过头去看着他。

“骑车？那你爸……”

“我晕车。”

乔颜回头也不抬地打断她的话，好像全部的注意力都被魔方吸引了。俞夏却能透过那颗微垂的头，看到他发红的耳垂。

乔颜回敲敲她的车后座，皱眉道：“不载我么？怎么不走？”

俞夏看着他抿唇，还没说话嘴角就上扬了，“我怎么载得动？你都高出我半个头了。”

乔颜回也笑了，示意俞夏坐到后座上来，自己则长腿一抬，跨到了车上。

俞夏想，其实乔颜回的性子很暖，只是不善于表达。从那个时候起，他就懂得如何去守护一个女孩子的小小自尊。

那一日的阳光穿过整排的白杨树林，在树荫下映下片片斑驳。粉红色的单车，年轻的男孩女孩，宛若秋日里最温暖和煦的画卷。光圈滤过青春，迎着风，带着笑。许多年后想起来，俞夏依旧清晰地记得那一日的阳光多么美好。

20

校运会前夕，来了两所外校的篮球队打友谊赛。俞夏作为拉拉队队长，凭借着过人的嗓门，吼得锣鼓喧天。那个时候的女生们对篮球场都有着执著，挥汗如雨的少年，阳光下一个傻傻的胜利的手势，都能引来一片尖叫。

乔颜回那天没有上场比赛。事实上，班里多数体育活动他都是不参加的，他站在场边，看俞夏给别人送水送得殷勤，瞧了一会儿，就回教室去了。

篮球赛后是几何课，学生大多懒洋洋的。一是刚运动过，下午头一两堂正是犯困的时候；二是，几何老师说话本来就催眠，再加上眼神总不太好，上他的课，大家就敢小小地放肆一下。

俞夏收到从后面传来的小纸条时，正在迷迷糊糊地打着瞌睡。纸条上的字很漂亮，言简意赅地写着：谢谢你的水。署名是“鲁超”。

俞夏皱着眉头想了好一会儿，才想起这是今天他们班得分最多的那个男孩儿。她朝后面的位置回头，正瞧见一个男孩来不及收回的视线。

可能是没想到她会回头看，鲁超的笑容稍显僵硬，随即对着俞夏扬了扬手里的“脉动”，脸微微地红了。

俞夏本打算回给对方一个笑脸，不承想被乔颜回一怼胳膊肘又转回来了。她以为是老师瞄到她溜号了，连忙坐直了身体，压低声音问：“怎么了？”

乔颜回没事人儿似的靠在椅子上转笔，也不说话，视线放空在面前的几何书上，也不知道这课听进去了多少。

俞夏莫名其妙地挠了两下头发，也没管他。反正以她对乔颜回的了解，听与不听他都不会考砸的。他都能翘着主课，跑到天台晒太阳，说出去谁信？

不一会儿，又一张纸条传了过来，俞夏从斜对角去接，却被另一只手抢先了。

乔公子的半张脸都隐在午后阴晴不定的日头里，窗帘布就那么哗啦哗啦地吹着。俞夏不知道那张纸条上写着什么，总之，乔颜回好像不高兴了。

几何老师拿着白粉笔在黑板上画了个圈，端详了一会儿，似乎觉得不够圆，又噌噌几下擦掉，板擦划过黑板，在阳光下腾起一大片粉笔灰。乔颜回就是在那一大片粉笔灰下侧过头来的。

说实话，这东西长得挺妖气，平时虽然总端着公子哥儿的做派，但是嘴角微勾的样子，真不知道多勾魂。彼时俞夏还不懂得勾魂是什么意思，反正看见乔颜回对她笑，俞夏就下意识地打了个哆嗦。

怎么觉得这么瘆人呢？

乔颜回说：“问你下周五的决赛能不能给送水呢。”手指有一下没一下地摩挲在那张小纸条上。

俞夏其实挺没有眼色，满仗义地说：“那得送，他进的球多，我肯定给他送。”

殊不知，这个时候用你仗义个毛线？

乔公子还是个笑的模样，看着俞夏说：“不是看上他了吧？”

俞夏那时候心里根本没有那个小六九，傻孩子似的瞪着双眼睛说：“颜回，你不觉得鲁超打球的时候挺帅的吗？”

“比我还帅？”

俞夏满认真地打量了他一会儿，艰难地说：“颜回，我从小就是看着你这张脸长大的，已经看不出帅不帅了。”

那天直到放学，乔公子都没再跟俞夏说一句话。俞夏气死了，实在想不明白这人又犯什么浑。

谁说少年没有心事，有一颗小种子埋在心里那么久，怕风吹，怕人窥，又想让你知道，又怕你知道：就是这个年纪最说不清对错的事。

21

上学的时候女生都有个密码本，塑料壳子的，封面堆满花花草草，二十几块钱的可以设个密码，七八块钱的就在中间挂把小锁。俞夏由于测验难得挤进了前二十，被奖励了一本最好的。

最好的密码本上，在两人打完嘴仗的第二日，被她用红笔大写加粗地写了七个大字：乔颜回是王八蛋。并配以一张绿油油的王八贴纸。

然而这张图文并茂的记忆没能在俞夏的青春纪念册里保存多久，就被乔颜回撕下来了。

俞夏气疯了，一溜小跑，冲到乔颜回家里，双手叉腰，一副泼妇骂街的架势。

"你是怎么知道我的密码的？数学好的人连这个都能分析出来了？女孩子的日记是不能随意偷看的，你不知道吗？你这是高智商犯罪！"

彼时乔公子正在看漫画书，听到那一阵叽叽喳喳的话，本来没想理门口的疯子，奈何听到最后一句实在没忍住，挑了眉头问："1234567也能叫密码？"

高智商犯罪？

哪高？

俞夏登时没了气焰，低头看着自己的鞋面嘀咕："……1234567怎么不能叫密码了……初始密码。"

再后来，这本日记本的密码被改成了乔颜回的生日，再后来，密码本又上了锁，锁住的那些字里行间里全部都是他的印记。

那是俞夏许多年都没说出口的秘密。

22

乔公子是个经历过三灾五难的孩子，身体素质从小就不怎么好，上了高中以后兴致来了也会打打篮球，多数时间还是一个人安静地待着。

自从俞夏答应给那个打篮球的男生送水以后，决赛的名单里就出现了乔颜回的名字。

那一年的夏天很热，知了在树干上也叫得半死不活，偶尔扑腾两下，热得都懒得动了。烈日炽烤在没遮没挡的篮球场上，好像非要蒸发了这些荷尔蒙分泌过剩、燥得无处发泄的热血少年一样。

俞夏看了一眼篮球场上的乔颜回，发现他打的竟然是后卫。

一身蓝白队服穿在他身上，倒也不显宽敞。俞夏一直都知道乔颜回的身材有些清瘦，却在今天才知道，这货瘦，但是有料，肱二头肌紧实的肌肉线条长在最年轻精壮的身躯上，胀满了活力。

俞夏对篮球了解不多，但也知道控球后卫在整场比赛中有多么重要，它看上去或许没有前锋那么风光，没有中锋打得那么激烈，却是整个场上的主控。

那一场比赛，俞夏甚至连加油都忘记喊了，只知道傻乎乎地看着乔颜回手中的篮球被他摆弄着玩儿似的传到队友手里。乔颜回的手指很漂亮，修长匀称，又不失张力。抬手一个手势，队员们都能很快心领神会，这是个战术上的领导者。

中场休息时，俞夏手里还攥着一瓶水和一条毛巾，毛巾被水打湿过，为了方便球员降温。她本来是要给鲁超送过去的，却鬼使神差地在看到乔颜回以后改变了方向。

他似乎有些累了，屈起一条腿，随意地坐在篮球场上。汗水打湿了他的额发，一双眸子黑亮黑亮的，一直一眨不眨地盯着俞夏。直盯到俞夏走到他身边，蹲下，才收回视线。

俞夏说：“你脸怎么这么白？没事儿吧？”

俞夏大概永远也忘不了，那个那时候还称不上男人的男孩儿回给她的笑容。不知道怎样形容，只知道，那一日的阳光很浓烈，浓烈之下遮不住的，是少年独有的风华。

乔颜回说：“渴了。”

俞夏傻傻地拧开瓶盖说：“你喝。”

他看着她笑，手指接过瓶身，不知是有意无意，指尖划过她的一丁点皮肉，烫得她恍若被灼伤了一般。

俞夏也是从那时候开始，有点动了鬼心思的。她也说不好这心思底下到底藏着什么鬼，只知道自己那对眼珠子，总是有意无意地在乔颜回身上打转，管也管不住，拉也拉不回。

心里也在暗暗琢磨着，乔颜回长得是挺好看的啊。

那个时候我们还不懂什么是暗恋，就是一个女孩偷偷地观察着一个男孩，觉得他什么都好，穿什么都帅。然后在不知不觉中，将他的身影填进日记本，在贴纸下面，偷偷写下他的名字，止不住地脸红心跳。

我喜欢的样子你都有。

这算不算喜欢？

三

借时光之手，暖一树花开

那一年的我们都很青涩，默默守护着心里的小小情愫，想让你知道，又不敢让你知道。

01

乔颜回爸爸的公司，总部在美国。

前段时间，乔颜回去美国出差，乔爸爸很认真地跟他谈了一次，希望他可以留在美国。

乔颜回回来以后，跟俞夏说了这件事情。

饭桌上是精致的四菜一汤，两个人都没怎么动筷子。

乔颜回问俞夏是什么意见。

俞夏很久没有说话，低头拿着汤勺舀汤，舀了半天也没有捞到自己想吃的那片青菜。

青菜的叶片卷曲着，像是一张说不出口的信纸被卷成了筒子，卷得严严实实的，展不开，也说不出来。

她听见乔颜回问她："俞夏，你想不想让我去？"

俞夏沉默着，觉得嗓子眼有点痒，咳了一声。

不知道这话该怎么说，也不知道该不该说。绞尽脑汁地想了好一会儿，告诉他："去美国，其实挺好。你看你爸爸今年也这么大年纪了，总是国外国内地跑，也辛苦……你妈上次不也说打算移民了吗？一家人，肯定是要在一起的。"

俞夏还说："乔爷爷、乔奶奶应该也会过去吧？坐飞机挺累的，要是去的话，你得照顾好他们。还有……"

"我问的是你。"乔颜回直视着她，一字一句地问。

"你想不想我去？"

"我……"

俞夏的脑子很乱，乱的时候她就会下意识地东扯西绕。最后说了什么，连自己也不记得了。她只知道乔颜回的脸色越来越差，差到她都不敢再吃桌面上的东西。

乔颜回轻笑着说："……俞夏，其实这么多年，我都是在自取其辱，对吧？"

眼神那样悲伤。

悲伤到俞夏手足无措。

她想要哄一哄他，但是乔颜回并没有给她机会。他一声不吭地收拾好所有的行李，直接摔门出去了。

乔颜回走了以后，俞夏坐在客厅里发了很长的呆，一声不响地看着门口，再看看脚边的三花，突然像开了窍一般，猛地抱起地上的猫大爷，指着公寓的门说：

“看见没有？这人的脾气多大？一句话不对就收拾东西走了，还摔门！这是我家的门，摔这么大声……这么大声……”

余下的话，说不出了。

俞夏偎进沙发里，连同三花一起，缩成小小的一团，像极了一只安静的蘑菇。

我们近乎蛮横地霸占着彼此最青葱的岁月，牵手走过无数条校门外的石板路，讨论过那么多测验题，说过那么多那么多的悄悄话。

可是，你从没说过喜欢我，我要怎么开口让你留下呢？我又以什么样的身份让你留下呢？

02

整整三天，乔颜回都没有回来。

俞夏也没有给他打电话，打了也不知道要说什么。

顾青青说俞夏的情商被狗吃了，乔颜回这么追她，她都没看出来。

俞夏从头至尾不发一言，气得顾青青在她面前跳脚，戳着她的脑袋说：“你倒是想一想，除了你傻了吧唧的看不出来，身边的朋友哪个不把你们当一对？一个多年不嫁，一个多年没娶，你说你俩友谊纯洁得跟开裆裤似的，谁信啊？”

顾青青喝了一大口水，看着俞夏垂头丧气的样子，又叹了口气。

“其实你只是在害怕对吧？你害怕这层窗户纸捅破了，对方又没有这个意思，最后连朋友都没得做。可是你想过没有，你这样的态度，也会让乔颜回进退不得。你不是不知道他的性格，做得再多，嘴上也是个闷葫芦。豁出脸面说句我爱你怎么了？心灵鸡汤怎么说的？爱情是需要勇气的，爱对了是未婚先孕，爱错了是无痛人流，左右就这两个结果，你怕个毛？”

“那句话是：爱对了是爱情，爱错了是青春。”俞夏皱着眉头打断顾青青。

怎么这么文艺的一句话，愣是让顾青青改出一股子妇科医院的味儿呢。

哪有这么重口的鸡汤？

“你现在还有心思挑我的错？”顾青青恨铁不成钢地一横眼，“我这是在教育你认清事实，敢于表露自己的内心。表面看上去，你们俩都不傻，实际上情商一个比一个低。大学的时候你们就像比着谁比谁白痴似的，死扛着嘴硬。一个说，觉得学生会那个会长长得不错，另一个就会加一句，他们系的系花也挺好看。你们难道都没发现吗？你喜欢的男孩儿都有他的影子，他欣赏的女孩儿都像你，那么你们为什么不在一起？”

顾青青说完也摔门走了。俞夏坐在屋子里看着斜着眼睛瞪她的三花，很久都没有回神。

她想说的是，她家的门就那么好摔？个个都要摔。

我喜欢的男孩儿都有你的影子，你喜欢的女孩儿都像我吗？

可是她喜欢的男孩儿，一直都是乔颜回啊。

俞夏没有告诉过顾青青，在高中毕业那一年，她跟乔颜回曾经有过一次亲吻的。

03

那是高三毕业之后的最后一顿晚饭，许多同学都喝多了。平时班里最会跟老师顶嘴的学生，都在班主任的面前哭得像个孩子。

他们不停拥抱，不停重复着，毕业以后一定要记得彼此。

喝多了的男孩第一次鼓足勇气，走到喜欢的女孩儿身边，讲了许多平时连在纸上都不敢写下的话。

毕业季的盛夏，总是带着涩涩的感伤，即便校园里的柳树树梢还垂吊在飞扬的夏风里，即便栀子花的香气依旧甜腻，即便身上的校服还是不好看，却真的舍不得脱下了，就像舍不得这三年一样。

曾经那样想要逃离的地方，突然变得亲切。不远处的未来，是怎样都好，他们只是在那一刻，拼命想要留住曾经发生在这所校园里的点点滴滴。

俞夏那天也喝多了。

她喝多的时候，是很少说话的，就安安静静地窝在角落里，眼圈通红。

那一刻，她真的疯狂地想念着乔颜回。

那天他没有参加他们的毕业聚会，因为他爸爸的生日宴会也在同一天。

听说，那是一场很豪华的生日宴，省外的一些地产商都受邀参加了，乔爸爸希望儿子可以早一些接触这个行业里的人。

那个时候的“应酬”一词，对高中生来说还是极其陌生的。那会让他们觉得跟自己的距离很远，远到，高不可攀。

俞夏想，那天她一定是喝多了，不然绝对不会有勇气给乔颜回发那样一条短信。

短信的内容其实很短，按的时候，她的手却一直抖个不停，恍若这是一件多么漫长而艰难的旅程一样。

她说：“你在哪里？”

在这之后就是漫长的等待。

俞夏从来没有像那一刻那么紧张过，顶着扑通扑通的心跳，提起酒杯又灌了几口，恨不得缩小身体所有的毛孔去忽略身边的手机。她担心它会响，又担心它不响，她从未在那一刻那样矛盾过。

乔颜回最终没有回复这条短信，而是在二十分钟之后打了电话过来。

电话里他问：“你在哪？”声音里是一如既往的清冷，听不出什么语气。

俞夏却心跳如鼓，像是被什么攥住了心口一般。

“我，还在饭店。”

“下来。我在楼下。”

乔颜回是开着他爸的车过来的，俞夏从楼上下来，就看到他坐在车前盖上抽烟。他穿了一套很精致的西装，大约是觉得有些热，领带被他扯得很开，烟头在昏黄的路灯之下显得忽明忽暗。

俞夏吓了一跳，记忆里，乔颜回是从来不会抽烟的，那一刻的他突然变得有些陌生。她还闻到他身上浓重的酒味，惊讶道：“你酒驾？”

“嗯。”

乔颜回解开了衬衫领口的扣子，看向她。俞夏突然就语塞了，不知道接下来应该说些什么。那是她第一次在乔颜回面前觉得手足无措，整个掌心都被汗打湿了。

04

那天以后，俞夏跟乔颜回的关系就变得有些微妙了。

然而任谁也没有想到的是一张大学录取通知书。

三分之差，俞夏没能跟乔颜回考进同一所学校，上了本地的一所大学。

乔颜回那个时候已经随父母住到了北京，电话里，他提出让俞夏重读。俞夏说什么都不肯，两人为此还大吵了一架。

她不知道自己重读一次的结果，会不会比这次更加糟糕。

她也没有告诉乔颜回，在他走了之后，她只想烧光所有的书，什么也不想读了。

大学期间是两个人联系最少的时候。大一、大二，俞夏甚至觉得乔颜回有点跟她恩断义绝的意思。

俞夏心里很不是滋味，毕业季的那个吻，也成了两人再也没说出口的秘密。俞夏甚至不知道经过那件事情之后，两个人算是什么关系，至少男孩子是不是要表个白，或者，说些什么？

为此，她很认真地翻了一些相关书籍，得到的结果……确实，也没什么好说的。难道要他告诉她，味道尚可，或是糟糕透顶？

他们本来也没有什么约定。

俞夏曾回忆过自己当时的嘴唇是不是绷得特别硬，以至于乔颜回没了跟她交往的心思。

这种乱无头绪的琢磨，大概持续了将近一年半，俞夏才接到了乔颜回打的第一个电话。

俞夏在北京没有朋友，所以当手机里那个区号亮起来的时候，她就知道是他。

手机响了两声，俞夏没有接。她的心里有种奇特的别扭，想说凭什么你想联系我的时候就让你联系着。捏着手机的手冒了一手的汗，又怕这货没耐性，第三声的时候就飞快按下了通话键。

你看，人有的时候就是这么犯贱。

俞夏讷讷地，很想抽自己两巴掌。

电话那头，是乔颜回式的不咸不淡的语气，直接了当就是一句："你没有我电话么？"

没有问候，没有寒暄，也没有说你好。

"我……"俞夏一时语塞了，怔怔地听着那个声音。

"算了。"

对方突然打断她，不知道在闹什么别扭。似乎也不是对俞夏，倒像是自己跟自己闹别扭似的。俞夏甚至能想象出他说出这两个字的时候紧拧的眉。

乔颜回说："十一我不回来。"

俞夏还在想，去了帝都的人说话是不是都喜欢言简意赅了？

但下一句乔公子又丢下一个闷雷，"你来北京吧。"

"我没有说要去北京啊！"

对方沉默了一下，"你以前不是说过想去故宫吗？"

是说过，但是……

“我去了也没地方住……”

“我爸妈家不能住？”

“可是……”

乔颜回突然有点不耐烦，“俞夏，你是不是打定主意不跟我玩了？”

俞夏听得整个额角都一跳一跳地疼，她不知道乔颜回是用怎样厚颜无耻的意志力，用如此严肃认真的语调说出这么幼稚之极的话的。

而且，难道不是他先跟自己断了联系的？

停了一会儿，俞夏说：“玩……”

乔颜回挂断了电话。

也不知道那句“玩”他听见了没有。

总之半分钟之后，俞夏的手机里收到了火车票订单号的短信，往返都买好了。

俞夏很难形容踏上火车时瞬间的心情。

有点忐忑，有点紧张，又有点说不清道不明的思念在疯狂滋长。

首都的高铁站比省内的高铁站大很多，站在汹涌的人潮中，俞夏第一眼就认出了那个等在站外的身影。

白T恤，牛仔裤，干干净净的，如一棵挺拔的白杨。

俞夏看着他一步步朝自己走来，很自然地接过皮箱，手指抬起，抚过她额前的碎发，皱着眉头问：“几天没洗了？”好像他们从未分开过一样。

俞夏不知道，是不是每个女孩儿的心中都住着这样一个人，他有着跟记忆中一样的眉眼，一样温度的微笑，即便你们相隔再远，站在他身边的那刻都能忘掉之前的颠沛流离。

俞夏在很多年后才知道，那种感觉，叫“归属”。

05

也就是刚刚分开的那段时间吧，俞夏跟乔颜回的相处模式一度变得很奇怪，表面看上去两人还是过去的样子，实际上都有些别别扭扭的。

但是很快，这种模式就被俞夏用自己独有的大大咧咧和乔公子独特的云淡风轻打破了。

乔颜回也经常来大学看她，每次他一过来，俞夏都能很快地冲到楼下。

这一幕，总是让乔颜回的室友郭凯十分嫉妒。

他说："俞夏，顾青青要是有你一半利索就好了，每次约她出来，都难请得要死。前两天我人都到楼下了，人姑奶奶愣是说天气冷不出来，窝在寝室到底连面儿都没给见。平时也没见她那么怕冷啊。"

那个时候郭凯正在追顾青青。

俞夏听后笑得前仰后合。

"这你就不懂了吧？那是因为她没洗头，跟天气一点关系也没有。"

"我又不在乎她洗没洗头。"

"但是她在乎啊。"

俞夏一脸看傻狍子的眼神儿看郭凯。

"而且你应该感到高兴。如果一个女孩出门前肯为你洗个头，说明她对你是有好感的；肯为你换件衣服，那必然就有戏；愿意化妆，那不用说了，小伙儿，姑娘肯定是中意你的啦。"

站在一边儿的乔公子打量一眼俞夏乱七八糟的头发，说："你跟我出门是不是连头发也不梳？"

"怎么可能？"

俞夏瞪眼。

"我连脸都懒得洗。"

乔颜回那天约好跟她吃牛排，最终换成了麻辣烫。并且，这件事一度被小心眼的乔颜回记挂了很久。

直到有一天他翻开俞夏的日记，看到她写在本子上的那句话：

其实爱人跟恋人之间只隔着一瓶卸妆水的距离，因为要过一辈子，所以不介意将自己最邋遢的一面展现给你看。既然要过到鸡皮鹤发，总得让你习惯我不修边幅的样子。

那个时候，俞夏跟乔颜回已经在一起了。俞夏不知道乔先生会有这么不要脸的行为，只知道那天晚上，被他兴致勃勃地拉到西餐厅连吃带喝的，闹到很晚。

这自然是后话了。

而这个后话的前提，是来自乔公子的表白。

据当事人俞夏回忆，她到现在也弄不清楚，那个到底算不算是表白。

这件事情，还得从帮凶“三花”说起。

06

作为一只常年打架斗殴的野猫，三花是常年有着巡视领土的习惯的。

住在俞夏家里的这段时间，它一直都在担心自己的一亩三分地受到侵犯。前几次俞夏开门的时候，它也飞快地窜出门去，只是碍于外面那股北风吹得太厉害，以至于爪子刚踏出去，又生生给冻回来了。

那天，天边儿难得放晴，花大爷就撒欢似的冲出去了。它刚一到外面就看上了一只小母猫，正准备勾搭的时候，发现它身边还站着一只五大三粗的黑猫。

三花气死了，心道你在老子的地盘，还敢抢老子的妞？

方圆几百里的母猫都是我的。

为了显示自己的霸主地位，也为了在小母猫面前证明自己是一只强壮无比的野猫，三花跟大黑打了一架。但是三花忘了，前段时间它刚被乔公子剪了爪子，一个回合都没撑下去就被利爪暴击，躺街了，肚子被抓开挺大一条口子。

俞夏下班回来的时候，三花正躺在公寓门口翻白眼。一双眼睛半眯不眯的，全然一副“你倒是快点过来呀”的表情。

结局毫无意外，三花被带到宠物诊所进行了治疗。

整个治疗过程，三花都在对那个宠物医生目露凶相。

因为它给三花的肚皮缝了针，还在它脖子上套了一只小喇叭。

俞夏说："这东西的学名叫伊丽莎白圈，英国女王才能戴的，为的是防止你舔到伤口，你也别瞪眼睛了，挺好看的。"

三花眯着眼睛在镜子前转了几圈，几乎想把镜子挠烂。

什么伊丽莎白圈，当老子不识货呢？就这么一个冷眼瞅去跟卫星天线接收器的东西，还女王戴的？老子一纯种中国土猫，戴什么外国人的东西？

但是三花再不喜欢，也拿这个东西没辙，咬也咬不到，抓也抓不下来。

于是，它就把情绪撒到了俞夏身上。

它应该是想对这个女人撒泼的，但是俞夏白天上班，晚上回来以后又窝在自己房里写稿子，就是想要报复也找不到什么机会。

三花就开始在客厅搞破坏，书架上的书，扒拉下来；书柜里面的东西，全掏出来。

哟，这里面还有个袋子，咬开咬开。

于是，当在家窝了好几天也没接到俞夏电话的乔公子冲到公寓的时候，客厅里俨然变成一个凶杀现场了。

三花正在恶狠狠地啃着桌角，满脸报复社会的狰狞面孔。它在看见斜靠在门口的乔颜回时，吓得毛都乍起来了。

乔颜回看了看狼藉的客厅，虽然有整理强迫症，但是他正在跟俞夏吵架，因此绝对不会帮她整理东西。

伸手捏了捏眉心，乔公子把自己扔进沙发里，决定眼不见为净。

只是眼角余光不经意地扫向那一堆东西时，猛然在一只略显陈旧的本子上，定格了。

07

俞夏这些天过得一直都挺不是滋味，回来的路上还在做着思想斗争。她想主动给乔颜回个电话，又怕哪句话说错了，又闹得他挤对自己。

就这么一路天人交战着，刚打开家门就看见乔颜回站在客厅里，她着实吓了一大跳。虽然，俞夏愿意承认，乔公子的背影一如既往地玉树临风，但是这背景是不是太萧索了点？

俞夏攥着手指头憋了半天，硬生生地咽下那句：“咱俩就算是吵架了，你也不至于把我客厅拆了吧？”

小时候怎么没见他有这种暴力倾向？

乔颜回听见了身后开门的声音，但是没有回头，也没有作声。俞夏怔怔地走过去，看见他正对着一个本子发呆。

她探着脑袋瞅了瞅，发现封面挺漂亮的，只是有点旧，不像是自己的东西，看着也陌生。乔公子侧头看她，眼中的神色有一种说不出的愕然。

他问俞夏“高三那年，我寄给你的那个袋子，你从来没有打开过？”

俞夏扫向地上的白色袋子。

她确实没有打开过，那个时候她跟乔颜回在电话里吵了个天翻地覆，他还硬要给自己寄辅导书，收到以后俞夏就把它们堆到角落落灰了。

俞夏咽了一大口口水，觉得这种氛围实在诡异得匪夷所思。

“你不会是想让我现在重读吧？”

翻旧账可不是什么好习惯。

乔颜回坐回沙发，单手揉了揉太阳穴对俞夏说：“人的智力从二十二岁开始就会逐渐退化，你本来就比正常人退化得要早，我没兴趣看一个大龄妇女再落榜一次。”

“我是少女！”俞夏反驳。

乔颜回今天难得没有跟她拌嘴，俞夏有点不知道怎么形容他此时的神情：像是很想说什么，又像是什么都不想说。

过了好一会儿，他将手里的本子递给俞夏，说：

“这是我高三那年给你写的情书，夹在一堆复习资料一起寄过来的。我在本子最后一页写着，如果你愿意跟我在一起，就打个电话给我。但是你一直没打，我以为自己失恋了。”

说完，他点燃一根香烟，吸了一口，又缓缓吐出来。

“我两年都不想跟你联系。直到有一天忍不住了，想见你，就给你买了火车票。我有的时候会觉得自己很死心眼，你长成这样，我还是喜欢你……我分明有那么多选择。

“但是俞夏，人有的时候就是犯贱，认定了你是我的，就不会想要你成为别人的。”

在俞夏六岁到二十四岁的记忆里，乔颜回一直是个寡言的人。但是那天晚上，他却喋喋不休地说了很多话。这些话里，有许多话让俞夏吃惊，也有许多话想要反驳。

比如，高三那年，我给你写了一本情书。【一本……正常人难道不是写一封吗？】

你长成这样，我还是喜欢你。【长成哪样了？】

我想见你，就给你买了火车票。【难道不应该是，我想见你了，就买了火车票去看你吗？】

但是她一直静静地听着，听着一个男人用不疾不徐的语调，轻声诉说着那些年她不曾参与过的小小世界，以及……

“我说了这么多，你怎么还不看？”乔公子突然有些恼羞成怒，看着身边的俞夏问。

俞夏强忍着笑意，哆哆嗦嗦地指着乌漆墨黑的客厅说。

“太暗了啊。”

太阳都下山了呢。

乔颜回打开了屋里所有的灯。

“现在看！”

俞夏突然有一种被绑匪挟持了的感觉。

且此绑匪不要钱，不要命，只要她一个字儿一个字儿地看他当年写给她的情书。

08

乔颜回递给她的，是他的日记。

日记的内容，是从高一那年开始记起的。

由于内容过于琐碎，只摘录后面几段。

2006年12月25日

俞夏送了我一个圣诞老人玩偶，挺丑的。实在想不明白，怎么会有女生蠢到给男生送玩偶。

路过垃圾桶的时候，我作势要扔，她吓得脸都白了，还跟我生气。

埋怨我没有准备礼物给她。

但是我熬夜写了很多试卷的解答方案，她也说不喜欢。

我承认自己是很无趣的人。

2007年3月12日

早上那个蠢得忘记吃早饭了的女生，到了学校以后跟顾青青窃窃私语，说想去买两个肉包加一个茶叶蛋。顾青青说还想吃两个烧麦，但是早饭吃多了不好。如此嘀咕了很久，还是下去买了，一边放肆吃，一边安慰对方：

“我觉得你最近瘦了。”

“你也是。”

放学回家的路上，俞夏问我：“颜回，其实补课还是有用的，我最近精神压力大，吃的越来越少了。”

我打量一眼说：“没有，你下午的时候还偷吃了一包奥利奥饼干。”

她就说我没有顾青青好。

我没搭理她。

顾青青再好也不能当她老公。

2007年6月9日

学校组织大合唱，俞夏是领唱，放假约我出去陪她买礼服，试了几件都不知道选哪件。让我帮她选，我就随手指了一条。

她埋怨我没有仔细看，我付了钱，直接就拎着衣服出去了。

我仔细看了，她穿那条蓝色的裙子最好看。

2007 年 9 月 9 日

校运动会，那个女生蠢得不知道脑袋跌了哪根管，被班干部怂恿着报了四乘五百米接力。

我们两个对接。

她一路都在跺脚，比赛开始之前还在找厕所。

她说："颜回，如果因为我咱们班输了怎么办啊？"

我说："不会输。"

你跑得慢，我就帮你追上来。

2008 年 10 月 5 日

模拟小考，是俞夏最不擅长的几何。

我们不是同一考场。

进去之前，俞夏一直在搓手。她紧张的时候就会这样，跟她说话也没听到。

那天，我提前半个小时交卷，站在校门口的台阶上等她。

她很晚才出来，一脸痴呆样，从我身边走过去又走回来，一脸诧异。

"颜回，你也刚出来吗？"

我接过她手里的笔袋。

"嗯，刚出来。回家吧？"

她低头。

"我好像考得不好，最后几道大题你明明跟我讲过的。"

"那下次多讲几遍给你。"

"你不嫌弃我笨么？"

很嫌，但是不会弃，因为是你。

2008 年 11 月 7 日

一起去郊游，俞夏骑得慢，让我等她。

那一天的银杏叶铺了一地，她穿着白色 T 恤、红色长裙，逆着光，能看到发丝清扬，笑出一长串银铃。

她说：“乔颜回你等等我，我骑不动了。”

我笑她腿短，脚下逐渐放缓速度。

我怎么会不等她，我只是担心前面的路不好走，先她一步去探路。

2008 年 12 月 2 日

俞夏又在看那些乱七八糟的小说了。

说如果自己穿越了，一定要当一个受宠的格格。

她会拥有一整个军团，会有很多阿哥争先恐后地喜欢她。

我对她说：“阿哥又不瞎，就算你是穿过去的，也得看脸。”

她皱着眉头说：“我有才。”

我就抽出那张个位数的历史试卷给她。

“你连雍正是乾隆的爹还是儿子都分不清。”

“那是失误。”

“你在那边失误就是死罪。”

她不说话了，扭着头，半节课没有搭理我。

其实我想告诉她的是，就算她又丑又笨又没有脑子，这个世界上还有一个更傻的人在喜欢她。所以没有必要去当清朝的格格，在这里，她是我一个人的皇后。

【写在最后】

七岁那年，有一个缺了门牙的女孩趴在墙头对我笑。

我觉得她傻透了，那个时候我谁也不想搭理。

但是她每天都陪我站在大院的门口等爸爸，我嘴上说着，你回去吧，心里却在讲，你留下。

她真的一直陪着我。

九岁那年，俞夏被班上的孩子讥讽，我那个时候才知道，她的妈妈在她很小的时候就离开了。

但是她一直笑，像是不懂得什么忧愁一样。她告诉我，爱笑的姑娘运气都不会差。我很想告诉她，我运气也很好，能遇上这么爱笑的你。

升初中的那年仲夏，是我最紧张的时候。

甚至比俞夏自己还要紧张，我很怕她考不上。找了许许多多的参考资料给她，我看到她紧拧的眉，想要安慰她。但是我不知道怎么告诉她，只有一遍一遍地对她说："这道题还要再做一遍，不会？那就背下来。"

不知道是从什么时候开始喜欢上她的，我们的性格分明天地之别。

但是我想，我那么不爱说话，总要找一个爱说话的女孩儿陪我到老。不爱说就听着，一辈子那么长，有她在的话，一定不会觉得寂寞。

我是不善于表达自己的人，时常不知道怎样表达自己的感情。

就像，有一个女孩儿，我喜欢了那么多年，都不知道如何告诉她，"我想一直陪着你到老。"

文笔真差。

俞夏想调侃一句的，只是话还没说出口，眼泪就落下来了。

她不是爱哭的人，但是眼眶就是作死地酸，好像心里埋藏了许多年的种子，突然绽开了小花，又因为错过了明明可以早几年盛开的花期而扼腕。

俞夏亦没有告诉过乔颜回，那年夏天，她也写过一封信给他。很漂亮的信纸，很精致的信封，一直攥在手上，没有勇气寄出去。

信的内容很短，只有一句话：

俞夏心里一直有一部小说，男主叫乔颜回。

09

乔颜回说："俞夏，你怎么哭了，买卖不成还仁义在呢！"

俞夏第一次发现，这个从小学开始就聪明得无所不能的男人，也有这样笨拙的时候。

她说："傻瓜，因为我也喜欢你啊。"

初见你的天空那么蓝，你站在阳光下微笑，弯起的眉眼似曾相识，好像我们早该认识了一样。很多人说，十七岁在一起的，以后还能在一起的几率只有百分之零点九七。我们七岁就在一起了，如今还在一起，那就让我贪心一下，跟你过到七十岁怎么样？

"为什么我每次偷看都会被你发现？"

"因为我一直都在看你啊，笨死了。"

"为什么有那么多人，我却总能一眼就望到你？"

"因为只有你在我眼里是独一无二的。"

"为什么你说话的时候，总是不敢看我的眼睛？"

因为爱是藏不住的，闭上嘴巴，眼睛也会说出来。

时隔六年的第二次亲吻，依旧带着年少时难以言喻的青涩与悸动。乔颜回轻轻拥着俞夏，还是不会说情话，可是这个笨拙的男孩把他所有的青葱岁月都送给了那个女孩。

他们是彼此的岁月静好，如是多年，别来无恙。

三花本来是躲在窝里的，开始的时候以为他们在打架，就打算冲出来救俞夏。结果冲得太急了，一脑袋卡进了一堆书里，不想这两货画风突变，腻歪得让它想拍上一爪子。

三花脖子上的小喇叭让它没办法转头，扭了半天，转出一个硕大的屁股对着他们。

老子才刚失恋呢，想虐死猫吗？

10

乔颜回"邀请"俞夏阅读自己情书的时候，其实是带着气的。

毕竟公子爷这么多年执拗地喜欢着一个二货，还在高三那年误以为自己被甩，意志消沉了整整两年。突然有一天发现，那本写了整整三年的表白，对方压根没看见过。这种对比的落差，对于一个连本子都得按封面风格分类的乔颜回来说，实在是不小的打击。

等到俞夏抱着日记偷笑时，乔公子已经在整理地上的书了。

古言放左边，现言放右边，耽美放中间。

耽美？这见鬼的玩意儿，丢掉，丢掉。好像挺忙碌的样子。

俞夏咧着嘴看他，笑嘻嘻地说“乔颜回，你不会是在不好意思吧？”

乔公子把耽美书都丢到一个袋子里，头也不回地说：“胡说八道什么？”

他怎么会不好意思？

他就是……

从前怎么没发现这女人这么欠揍呢？

11

年底的时候，乔颜回跟俞夏一起回了老家，两家窝在一起过的年。

乔颜回的奶奶打量着他们两个，笑眯眯地问他：“也老大不小的了，什么时候把你媳妇带回来啊？”

乔颜回一边跟俞夏包饺子一边说：“这不是带回来了吗？”

大家都对着俞夏笑。

乔颜回和俞夏恋爱了，意料之中，情理之内。

用顾青青的话说，这就跟白娘子修炼三千年也还是得等一个许仙，梁山伯情商再低也要跟祝英台变蝴蝶一样，冥冥中注定的两个人，不在一起才该天打雷劈。

名义上正名以后，乔公子在俞夏这里住得更加肆无忌惮了。开始的时候，他也动过让她住到自己那儿的心思，但是考虑到俞夏是个起床困难户，乔颜回就闷声不响地拿着自己的东西一样一样地往俞夏家里堆。

堆到最后，俞夏的书架就完完全全成了乔颜回的，书桌也是他的，床，成了，他们俩的。

吃过晚饭之后，两人窝在沙发上看电视，俞夏不知怎么就想到前段时间两人吵架，乔颜回要去美国那件事儿，就问他。

“你不去那边，会不会不太好？”

她今天看了一下手头上的工作，忙到年底刚好可以做一个交接。

她这次为自己做了一个决定：如果乔颜回去美国的话，她就陪着他一起去。

彼时乔公子正在欢乐地吃苹果，听到这句以后手上一顿。

“……暂时不去。你看《芈月传》吗？我觉得比《武媚娘》好，那个剪得只剩下脑袋了。”

俞夏狐疑地看着他，伸手按下遥控器。

“《芈月传》没有你好看啊！而且，去美国比芈月嫁到秦国重要得多。你前两天是不是骗我的？”

要说乔公子的心理素质好呢，也就愣了那么一下，就挺不要脸地歪回去。

“这个主意是我妈出的。她觉得我追一个傻子追了这么多年没追着，主要就是方法有问题，需要适当地推波助澜一下。”

“所以你就骗我说你要去美国？”

“嗯。”

乔颜回说完又皱眉，“结果你一点反应也没有，你为什么不拦着我？”

拦？

拦得住吗？

俞夏心说，你那天摔门的时候，差点把门给砸了，谁敢拦你。

又过了一会儿，俞夏问他“那天晚上，三花要是没把书架的书弄散，你又不知道我没有看你的日记，是不是就真的去美国了？”

乔颜回冷哼，“你倒是想让我走。”

他都想好了，俞夏要是还那么不咸不淡的，他就把她锁在家里，想通了再放出来。

俞夏瞪眼，“你这是拐卖人口，强抢良家少女。”

乔颜回伸手将她搂进怀里，“那个时候真不知道，抢个少女会费这么大的劲儿。”

12

俞夏一直觉得自己是个知恩图报的人，半夜特意给三花加了餐，亲手做的，奖励它对这份爱情长跑不遗余力的付出。

结果又由于菜色过于诡异，气味过于难闻，吓得三花以为俞夏大半夜要毒死她，直接把碗摔了个稀巴烂。

13

乔颜回出差去了，临走之前千叮咛万嘱咐，不许俞夏买泡面吃。

对于这个从小学开始就被他吃到吐的味道，乔公子是十分不喜的。

更重要的一点，俞夏的胃不好，吃多了要闹毛病的。

大学的时候，俞夏就曾经因为赶稿子，连续几个星期吃方便面引发了胃炎，疼得一张脸白得几近一张白纸。

十一期间，寝室的同学都回家了，只有俞夏一个人在寝室里。俞夏当时也不知道怎么脑袋就跌管了，第一个电话竟然拨给乔颜回。

一个人在沈阳，一个在北京，就算要飞过来也得等航班不是。

但是这个电话就是打了，而且很快被接起。

乔颜回在电话那头镇定地告诉她一些紧急处理方法，挂断之后又迅速联系到俞夏那栋楼的宿管和校医。究竟是怎么被抬到医院的，俞夏已经不记得了，只知道睁开眼睛的时候，第一个出现在眼前的人真的是乔颜回。

那种感觉很奇怪。

难受的时候就会想到你，醒来了，你真的在。

14

乔颜回走的几天，俞夏其实很想他，但是时间长了，又变得没心没肺起来。

因为她发现，乔颜回不在家的时候，她可以很放肆地晚睡、赖床、喝小酒。出门逛街的时候，可以把床堆成衣服的乱葬岗，想咋地咋地。

乔颜回是那种生活习惯很好的人，没有要紧的文件从来不熬夜，周六、周末也会按时起床，吃早餐、看股市。

外面有应酬，也是能小酌绝不多饮，实在喝多了也会安安静静地睡觉。

在这一点上，俞夏是很信服的，因为她的酒品，据说奇差无比。

之所以用的是据说，是俞夏喝多之后脑袋会断片，想不起来之前的事。

为此乔颜回还很“好心”地录过一段视频给她。

视频中，喝得满脸通红的俞夏正在大马路上狂奔着，追赶一条流浪狗。

狗吓得够戗，人一直在笑。

不可谓不丢人。

从那以后，俞夏再也不敢多喝了。

因为乔颜回说，再喝，就把这段视频放在两人婚礼的回忆录上。

不过有一点，是俞夏无论如何也无法认同的。

那就是周六、周末要早起这件事。

周六诶！为什么要起早？

在俞夏看来，没有熬过十二点就睡的周五都是不完整的，更何况是用来补觉的周六。

但是乔颜回就是会在八点准时起来，俞夏甚至以为他要穿好衣服去公园跟大爷打套太极拳。

当然，甭管打不打吧，俞夏都是要跟乔公子一块晨跑的。所以乔颜回走了以后，俞夏感觉迎来了最美的春天。

但是顾青青说：“乔颜回这次可是带着秘书去的，你就不打个电话过去查查岗？别看你们俩青梅竹马、两小无猜的，越无猜越容易腻，外头的还是比家里的新鲜。”

俞夏觉得顾青青在放屁，脑子里却到底有那么点弯弯绕。

这就像是，临出门前有人问了一句要不要上个厕所。你不想上，也会下意识上一个再走。咳，比喻虽然用得糙了点，但话糙理不糙，都是没事儿闲出来的。

吃晚饭的时候，俞夏突然发现自己找不到遥控器了，真的，满“突然”的。她觉得因为这个理由，自己很有必要给乔公子打电话询问一下。电话打过去响了三声，还真是一个女生接的。

电话里的声音悦耳好听地告诉她：

“您好，乔总在洗澡，现在不方便接听您的电话。”

啊，洗澡啊！

这个桥段她在写小说的时候也经常用到的。

俞夏说：“那麻烦你让他洗完澡后回个电话。”

女生说：“可能不行哦，乔总洗完澡之后还有应酬呢。我们要一起出席一个宴会，回来的时候大概会很晚，如果乔总没喝醉的话，我会提醒他回电话的。”

俞夏哦了一声，二十分钟之后再打过去。

“劳烦让乔颜回接电话。”

“总经理在忙。”

隔了半秒。

“忙完了吗？”

“……没！有！”

“那什么时候忙完呢？”

“不知道！”

“那你让乔颜回接一下。”

“他在忙！”

“忙也接一下嘛。”

“我就不！”

“那你告诉她，回来的时候给我买点卫生棉，什么牌子的他知道。”

“俞夏！”

那边的声音终于暴怒起来。

俞夏笑着打招呼说：“陆婷，好久不见啊。”

从电话第一声她就认出她了。

15

俞夏没有想到这次陪乔颜回一起出差的人会是陆婷。

高中的时候，陆婷跟俞夏还是很好的朋友。

陆大小姐是学校出了名的美人，人长得美，家世也好，可以算是百里挑一了。高中女生的友谊也很简单，你帮我传一张纸条，我借你一本漫画书，能跟我一起上个厕所，那就是朋友。

那个时候俞夏还不知道，陆婷接近她是为了乔颜回。

她一直以为她喜欢自己是因为自己的个人魅力。

俞夏的性格有些傻，有些直，交了朋友之后就会巴心巴肺地讲心里话。

学校里疯传她爸爸是在巷口到处送牛奶的时候，她就知道是陆婷说的了。

这件事情她只告诉过她一个人。

但是她并没有去质问陆婷，只是在那以后找了另一个一同上厕所的朋友。为此，顾青青还时常感叹，自己就是她的一个备胎，美人背叛她以后，俞夏才改投了她的怀抱。

陆婷说：“俞夏，这么多年了，你怎么还在乔颜回跟前晃悠着，也没想过换个男人喜欢？你不烦我都烦了。”

俞夏挠挠脑袋，也挺想不明白的，“其实我也有点烦了……听顾青青说你都快结婚了？请柬记得发我一张啊。”

陆婷爽朗一笑，“那是肯定的，不然要等乔颜回七老八十吗？我算是想明白了，缘分这个东西吧，是你的，一辈子都在你身边；不是你的，扯都扯不过来。不过，你这电话不是打过来查岗的吧？”

俞夏瞬间像是被查了水表的小土鳖，慌慌张张地说：“陆婷，祝你幸福啊。”

陆婷在电话那边突然沉默了，直到俞夏以为她要挂断电话的时候才轻声道：“小夏，对不起。那个时候说的那些话，我很抱歉。”

俞夏笑着眯起眼睛，说：“没关系呀。”

年少的时候，我们都不懂什么叫伤害。长大以后，见得多了，隔得久了，才发现所有女孩儿之间的小心思，都会变成心照不宣的相视一笑，没那么多大不了。

她其实还想告诉陆婷，她爸爸现在都送出一个牛奶厂了。

但是吧，这么说显得多炫富，还是低调点的好。

16

乔颜回回来的时候，带了一大包卫生棉，是俞夏常用的牌子。

进门以后他站在门口对着她笑：“我怎么记得你生理期不是这几天呢？”

俞夏听后整张脸都垮了，垂头丧气地说：“陆婷还真跟你说了啊？”

“不然呢？”

乔公子放下行李，饶有兴致地看着俞夏。

“她说你在查我的岗。”

俞夏立即炸毛。

“我没有，我怎么可能！那是找不着遥控器了。你也知道我们天天敲字的，肩膀都不怎么好，手动换台多累，太累……”

“出息。”乔公子嗤笑一声，靠在俞夏耳边说，“其实我更关心的是，你生理期走了没有。”

俞夏狠推了他一下说："乔颜回你就是个臭流氓。"

17

说起乔颜回对俞夏生理期以及卫生棉牌子的了解，还是在高中的时候。班上的同学约在周末一起去爬山。俞夏正赶上生理期，偏偏玩心又重，死活跟着去了。

那天俞夏特意没骑自行车，回来的路上乔颜回驮着她，一路顺着颠簸的山路下来。一个水漫金山，俞夏就感觉卫生棉要透了。因为下山晚了点，同学都走得差不多了，俞夏身边除了乔颜回，也没有可以让她能借用一下的女同学。

路过山下小卖部的时候，俞夏扯住了乔颜回的衣角。她先是四下看了看，也没好意思直说，就是一声不吭地坐在车后座上一动不动。

乔颜回看她脸涨得通红，问了好久才弄明白是什么意思，脸上也跟着不自在了，涨红了脸说："你……你去换啊。"

俞夏瞪着自己的鞋面，从嗓子眼儿里挤出一句："忘带了。"

然后抬起眼可怜巴巴地瞅瞅乔颜回，再瞅瞅小卖部。乔公子当即会意，瞪眼道："俞夏，你想都别想。"

他一个男生，怎么能去买那个东西。然而乔颜回嘴上虽然是这么说的，挣扎了一会儿还是黑着脸给买回来了。

那时候的日头已经落下去了，平时那么秋风寄月的一个少年，脸色愣是红得比晚霞还要艳丽几分。

俞夏此时再想想方才乔颜回拎着卫生棉进门的那副土匪样，暗自琢磨着，岁月真是一把磨皮刀啊，才短短几年时间，就把乔颜回的脸皮磨得一点血色都没有了。

18

俞夏跟顾青青出去吃饭，谈及自己的感情生活，还是有些后知后觉地扼腕的。

她说我也不是那么丑的女孩儿，怎么这么大都没接过什么情书呢？不至于这么没有男人缘吧？

顾青青掰着螃蟹腿说："那是因为你的情书都被乔颜回收走了，你上哪看去？"

俞夏听后眼睛瞪得有铜钱大，"真的有人给我写情书？"

顾青青呛得咳嗽。

"这个时候，正常人不都应该问一句，他是怎么收走我的情书的吗？"

"哦，那他是怎么收走我情书的？"

顾青青的脸僵了一下。

"……有人给他呗。"

"写给我的情书，怎么会到乔颜回那里？总不会有人想到让他交给我吧？"

顾青青咳嗽一声，"可能，是呗。"

俞夏敲了敲碗边。

"乔颜回连一个班上的人脸都记不住，在外面碰上自己班的跟他打招呼，他都不搭理，谁会自讨没趣让他转交情书？"

顾青青一直埋头找螃蟹腿吃，俞夏就一声不响地盯着她，盯得顾青青直觉自己在被她千刀万剐，"啪"的一扔螃蟹壳。

"是老娘给的！那个时候不是都知道咱们两个关系好嘛，当然就都给我了。赶巧那天就让乔颜回看见了，人小爷也没多跟我废话，就十五块钱一张买走了。

"十五块钱哪，都够买一箱'小当家方便面'了，还有薯片、果冻。多豪，多阔，我不给，我不成缺心眼了？"

俞夏说："你给了就能长心眼了？我说那个时候你怎么总吃得一嘴的防腐剂味儿。在背叛友情的时候，你就没经过一丝半点的挣扎？煎熬？过意不去？"

"没有。"

晚上回去的时候，俞夏坐在客厅里等乔颜回回来。公子爷进门就嚷嚷外头冷死了，让她倒杯热茶过来。俞夏动都没动，全然一副老娘今天谁也不伺候，你丫速速过来受死的架势。

乔颜回就自己倒了杯水，提过三花在怀里顺毛，问："几个意思？"

语气不善。

俞夏心说，小伙子很可以嘛。往小了说，你收走的是老娘的情书；往大了说，你那是扼杀了诸多少年内心对女神执著而向往的梦。

何其厚颜无耻，何其道德沦丧。

俞夏也没跟乔颜回客气，直截了当地问：

"你说，那些年收走的情书你都放哪了？好歹也让我看两眼，顺便再回上一两封，长这么大我还没有拒绝过谁呢。你凭什么剥夺我被人暗恋的权利？"

乔公子开始还在等俞夏出什么幺蛾子，一听说是这事儿之后，打着呵欠就准备洗澡去了。

临走之前，他对俞夏说："没有那些。"

"……什么？"

乔公子比了个手势。

"总共就三张，一个是坐在班里最后一排的那个矮子，一个是隔壁靠窗户有点斗鸡眼的，还有一个长什么样来着？"

乔颜回摇头。

"丑到记不起来了。"

19

乔颜回跟俞夏的脑回路时常不在一条线上，偶尔的争执几乎无时无刻不在上演。

并且俞夏还惊讶地发现，在没跟乔颜回确定关系之前，她对自己的态度竟然还处在包容期。在一起之后，这货的控制欲和唠叨程度简直以每秒八十迈的速度飞速冲刺，无处拦截。

比方两个人分别都有聚会，一定要事先约好时间，什么时候开始，什么时候散场，什么时候到家。绝对不能晚，晚了就要被念，必须要有时间概念。

做人那么有时间概念，干吗呢？

乔颜回喜欢吃零食，辣的那种卤味。

俞夏也喜欢吃，但是喜欢的牌子跟乔颜回不同。

正常人都会分开买了吃对吧？

不。

那显得咱们乔公子多没有逼格啊，他会把自己喜欢的喂给俞夏吃，再告诉她，你原来吃的那个有多糟糕。

喂到最后，俞夏竟然真的觉得，乔颜回喜欢的那个牌子比较好吃了。

乔公子对此的评价是：

“你一定不能靠近传销组织，不然不到半天，你就会给你的亲戚朋友发短信说，这里有一份极其赚钱的工作，我已经开始做了，只要你们肯努力，日进百万绝对不是梦，还在等什么？”

俞夏撇嘴：

“你也好不到哪去吧？真到了那时候，你估计会发一个这样的帖子：面对深陷传销的妻子，我该如何救她脱离苦海？附带：在线等，急。”说完之后又觉得哪里不对劲。

乔颜回笑得特别嘚瑟。

他说：“俞夏，你这是在跟我求婚吗？”

才，没，有，呢！！

20

当然，在两人的日常中，俞夏也不是每次都占下风的。

有次俞夏出门买西瓜，一百块钱找回来好几张十块钱的假币。

乔颜回就坐在沙发上笑她，“毛爷爷都不认识了？什么眼神？”

俞夏一声不吭地进屋，把梳妆台上的瓶瓶罐罐摆了个齐全。

“哪个是美白的，哪个是祛痘的，哪个是改善肤色暗沉的，你知道吗？”

乔颜回摇头。

俞夏冷哼，“就会看个真假钱，瞧把你嘚瑟的。”

“……”

21

有的时候，小两口也吵得挺大。

原因总是微乎其微的，没什么好提的。

只不过两个人都是张嘴就说的性子，一句玩笑话，一来二去就上了脾气。俞夏平时看着大大咧咧的，顶起嘴来也厉害得很，最后乔颜回气狠了，直接进了卧室，还落了锁。

那是乔颜回的房子，三室两厅，乔公子进的是客房。

俞夏决定不理他，该吃吃该喝喝，睡前还敲了敲门，“里面的被子可是薄的，冻感冒了别怪我。”

乔颜回没吭声，俞夏就进屋睡了。

大约凌晨五六点钟的时候吧，三花醒了，先是伸着懒腰在屋里巡视了一圈，然后轻巧地跳上阳台的铁栏，静静地坐在房里观察乔颜回。

猫的耳朵比人的灵敏得多。

因此只要三花知道，这个傻子把自己反锁在屋里了。

不是不想出来，是锁芯断了，想出也出不来。

乔颜回显然也看到了三花，一人一猫对视，乔颜回怎么看怎么觉得三花的嘴角在不断上扬。

三花也觉得自己嘲笑得太明显了，思量了一会儿，转身跳回屋里，叼了一条小鱼干出来，肉爪子拍拍玻璃，意思是你把窗户开开，我从小缝儿给你送进去。

乔公子当然是拒绝的，拉上窗帘表示无视。

三花就一直坐在外头等着，它得看看乔颜回是怎么出来的。

早上七点三十分，俞夏被微信吵醒，一打开是乔颜回。开始还不想看，心说现在想要道歉了？

结果……

乔颜回：“你起来了没有？”

俞夏：“起了，干吗？”

乔颜回：“拿把刀给我。”

俞夏惊：“多大点事儿，至于自杀吗？”

乔颜回怒：“你神经病啊！我要撬锁！打不开了。”

不一会儿，乔颜回的门外响起俞夏欢快无比的声音：“喂，开锁公司吗？能不能麻烦您来博远小区一趟？对！里面有人，他把自己锁在里面，现在出不来了。是的。哎，不是小孩儿，二十七了已经……”

乔公子仰脸看着天花板，真的许久没有觉得这么崩溃过了。

22

乔颜回跟俞夏结婚了。

婚礼当天，三花被打扮得像一个小王子，威风凛凛地站在礼堂正中央，长长的披风被风吹起，眯着眼，自认庄严肃穆，让它看起来像一个困迷糊了的神经病。

它想，作为一个见证了三段爱情的神猫，它应该要有这份气质的。最主要的是，三花不敢迈步，四个爪子上套着的东西让它一动就要摔倒。

俞夏说，那个东西叫“鞋”。

三花不知道什么是“鞋”，但是听到许多人在婚礼上拱手说着，“执子之手，与子偕老”。

喜宴上的俞夏很漂亮，笑容很甜，那是三花见过的她最美的样子。

俞夏将它抱在怀里，点着它的鼻尖说：

“嘿，我结婚了。”

三花挺傲娇地扬了一下脖子，轻轻用爪子拍了一下她。

它在说：“恭喜。”

后来三花困了，缩在俞夏怀里酣睡。它还做了一个梦，梦里有陆笙，有穆玖，也有俞夏，她们的脸上统一挂着幸福的微笑。

三花挺乐呵，小胡子都跟着一动一动的。

它想，它应该是要走了。冬去春来，又一颗爱情的种子发芽了，它还想去外面看看，还想再看看外面的那些人。

后记

任何为人称道的美丽，不及遇见你

爱情有的时候就是这样没有道理可讲，
它会让你无条件的相信，
星星会说话，
石头会开花，
穿过夏天的木栅栏和冬天的风雪过后，
你爱的人一定会抵达。

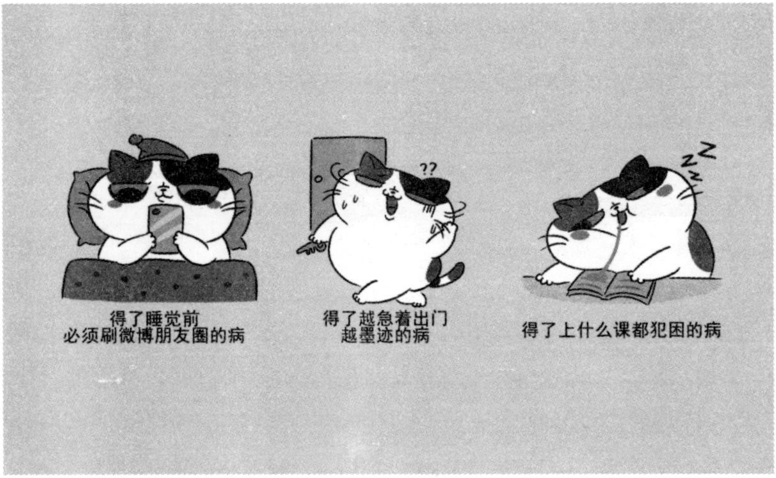

我是不是又胖了？
你是不是吃饱了称的？
很重

01

俞夏跟乔颜回都有毒蛇属性，吵起架来嘴上都不输对方。一次两人吵红了眼，乔颜回坐在沙发上指着俞夏说："你滚。"

俞夏气得浑身哆嗦，含着两泡眼泪说："好！老娘就滚给你看，滚远了别想叫我回来。"

乔颜回冷着脸走到门口，将门反锁好，再走回来，坐下。

"没叫你直线滚，让你来回滚。"

俞夏张大了嘴巴，涨红了脸怒吼："凭什么你让我滚我就滚！"

乔颜回看她气鼓鼓的样子，又忍不住笑了，一面戴着围裙往厨房走，一面说："不滚拉倒，晚上想吃什么？"

俞夏抬着胳膊擦眼泪，吭吭唧唧地说："糖醋排骨。"擦着擦着也跟着笑了。

谁下次再说家是个讲理的地方，她就死给他们看。

02

俞夏有段时间经常出差，有一次心血来潮，在电话里哀怨无比地对乔颜回说："臣妾羞愧，无法在今夜为皇上侍寝，还望皇上恕罪，待到明日臣妾回宫，再来翻臣妾的牌子。"

乔颜回向来配合她的各种无厘头，懒洋洋地回："爱妃不必介怀，朕坐拥佳丽三千，倒是不觉寂寞的。"

俞夏恶狠狠地说："如此，是逼着臣妾非要今晚杀回宫去不可了？"

乔颜回笑："朕后宫的牌子虽多，写的可都是一个人的名字啊。"

俞夏觉得自己此时一定笑得特别傻。

03

乔颜回跟俞夏还没结婚时，顾青青就带着一脸猥琐八卦脸问过俞夏："你们家那个跟你滚床单之前的开场白是什么？不会是，我想跟你一起睡觉吧？”

俞夏的脸腾的一下就红了，正色地对顾青青说：“不要胡说八道，我们家乔颜回是那么没羞没臊的人吗？”

他的原话分明是：我想和你一起起床。

现在想想都觉得很徐志摩。

04

其实俞夏高中的时候追她的人满多，只不过能传到她手里的情书基本都扼杀在了乔公子手里。一次高中同学聚会，一名长得蛮帅的男同学红着脸问她，那个时候给她写的情书她看到了吗，不会也被乔颜回扔了吧。

俞夏那个时候已经跟乔颜回在一起了，听完这话看了看乔公子。

乔颜回一脸事不关己地对俞夏说：“信是你扔的。”

“我扔的？”

“校门口第二个垃圾桶。”

“他上面写的什么？”

乔颜回夹了一筷子菜，皱着眉头说：“他问你，在吗？”

05

乔颜回求婚的第二天是俞夏的闺蜜日。为了祭奠少女成为人妻的最后一夜，以顾青青为首的几个姐妹淘都来了。几个女汉子包了个硕大的包厢彻夜狂欢，俞夏喝得醉醺醺的，只知道傻笑。

乔颜回来接她的时候，正听到顾青青挎着她的胳膊泪流满面地说：“都说高中别分手，大学的更丑。我这辈子摊上郭凯算是倒了血霉了，还是你体面啊，幼儿园时就找好下家了。但是婚姻可是爱情的乱葬岗，你真的想好要把墓碑立在乔颜回的坟头了吗？”

俞夏亦是双目垂泪，擦着眼泪说：“我也不想啊。可是，当一个女人把所有煞笔的面貌都暴露在一个男人面前的时候，除了嫁给他，就只能杀了他了。但是青青，我连鸡都不敢杀啊。”

乔颜回一直看着她们发疯，末了走过去摸了摸俞夏的头，温柔无比地说：“那得把下辈子也给我，想封我的口哪有那么容易。”

06

俞夏是个浅眠的人，躺在床上总是翻来翻去地睡不着。

顾青青跟她说，她睡不着的时候，郭凯就会讲童话故事给她听。俞夏羡慕得不得了，晚上回家就跟乔颜回说了这件事。

乔公子皱着眉说，多大人了还听童话，完全忽略掉俞夏特意摆在床头让他念的书。俞夏气死了。

只是从那天开始，每天睡前乔颜回都会给俞夏端来一杯热牛奶，盯着她喝下。俞夏的浅眠也跟着好了。

其实，这世界上最幸福的童话都不是讲出来的，而是与你一起度过的所有平淡岁月。

07

初三那年，俞夏拼了命也想考上市重点高中。

俞夏考得很好，拿着笔袋从考场走出来，乔颜回应该早就出来，正站在马路牙子上等她。

俞夏突然起了逗他的心思，哭丧着脸说：“怎么办？数学好难，我不能和你上同一所高中了。”

乔颜回接过她的笔袋丢到书包里，长腿一抬跨上单车，仿佛松了口气一般。

“知道你不会，我后面大题都没做，上来吧。”

这下轮到俞夏脸色发白了。

最后万幸的是，两人都以不高不低的成绩上了同一所高中。

俞夏每每想起来，都忍不住抱怨：“你还真没写大题啊？万一你也没考上怎么办？”

乔公子说："我比较好奇的是，以你的智商是怎么考上的。"

俞夏没说话，抿着嘴看着外面的阳光偷笑。

那个时候的男孩儿女孩儿都好傻，爱上一个人就是拼尽全力，义无反顾。为了能配上这样好的你，我当然也要努力成为一个更好的自己。就像你为了我，也可以做那样傻傻的事一样。

你看，我们总在最不懂爱情的年纪，遇见最美好的爱情。这样是不是很美好？

08

俞夏回忆着这些年的点点滴滴，除了大学那四年，他和乔颜回似乎从未真正分开过。俞夏骨子里是倔强的，工作之后也像一台永动机一般转个不停，工作的第一年就取得了不错的成绩。

庆功宴那天，乔颜回也去了，她是众星捧月的月亮，他就一直安静地站在一群人中看着她。他还给她带了礼物，一个做工精致的木盒子。俞夏看到以后还笑说，买椟还珠可不可以呀？却在下一秒看到盒子里的东西时红了眼眶。

盒子中静静放置的，是一双软底平跟的手工皮鞋。宴会结束后，乔颜回亲手将她脚上的高跟鞋换下来，装进了这双舒适的鞋子里。

只有他知道，为了拿下这个项目，她跑过多少个地方，脚上磨出过多少水泡。也只有他知道，如何迁就她的坚持。

所有人都说我很坚强，只有你劝我别逞强。

三花在很多时候都坚定的认为自己是个战士，但是在这种寒风凛冽的天气，战士似乎要变成烈士了。

三花并不知道自己不擅长卖萌，被冻得僵硬的毛发让它看上去像一只随时可能发疯的神经病。

啊
不要以为我打不过你，我的腿是练瑜伽的时候掰骨折的
咕咕

帮我买点猫粮来，新来的小家伙好像要杀了我

打开
回来了

半小时以后吃饭，把你盆你的垃圾食品丢掉
盆?

乔颜回是我的
青梅竹马

青梅竹马？

先把头发吹干
我要出门

他不吃香菜

她不吃葱花

吃姜
原来青梅竹马，就是从小到大最了解对方的人

我钻
!

?!
三花
才特么认识半天就想占
我便宜，想上天？！

又到了三花疯狂掉毛的时候.

??

咔只
咔只

你们两个铲屎的休想甩掉我！

三公公的日常

喵生要有气节，不能
为了五斗猫粮折腰

老子走了以后，
这些都是你们的。

陆笙

呼
呼

人家要吃鱼鱼~~

不是不为五斗猫粮折腰吗？
猫粮不行，但是小鱼干可以。

三花肚子上缝了针，为了不让它舔到
伤口，被迫套上了伊丽莎白圈
它戴的那个是什么？
好像电视接收器.
是下雨接水的盆吧？
好丑

你们这群土鳖，老子戴的这叫伊丽莎白圈，是英国女王才能戴的。
伊丽莎白不是甜瓜吗？
崇洋媚外！
中国猫为什么戴英国的东西？
臭不要脸！
会心一击！

?

她拒绝我了，是不是我表达的方式有问题？
不是，她只是不喜欢胖子。

我不胖
那她可能不喜欢肥的

老子还不喜欢瘦的呢

愚蠢的人类

……

老大，外头新来了只老鼠，我们都搞不定它，要不要带几只猫一起弄它？
打老鼠还用带猫？
?
!
去把剩下的猫都叫来！

老大是如何成为
猫界一霸的?

喵

喵

老大，我们懂了，不论面对强大还是弱小的敌人我们都要勇于挑战！
你懂个屁

它打我

在外面挨了打要学会告状，一味地逞强并不会让你变得更强大。

来聊天呀
人类说你们只有七秒钟的记忆
我的记性好着呢
昨天我跟隔壁的狗打架，@#￥%#@@！@#@@@@！……你在听吗？
你是谁呀？
我说，隔壁的狗@#￥%#@@
……

你到底是谁呀?
……
老大，我心情
不好，想打人。
打他
?
你们好呀？知道刚才是
哪个孙子揍的我吗?
不知道呀